CES CHOSES QUI FONT BATTRE LE CŒUR AU JAPON ET AILLEURS

EAN 9782363083197

Elena Janvier

CES CHOSES QUI FONT BATTRE LE CŒUR AU JAPON ET AILLEURS

arléa
16, rue de l'Odéon, 75006 Paris
www.arlea.fr

Ce qui concerne le pin, apprends-le du pin. Ce qui concerne le bambou, apprends-le du bambou.

Matsuo Bashô, *Les Trois Livres*

Choses qui ne font que passer – ou qui font battre le cœur.

Choses auxquelles on ne peut s'abandonner, choses magnifiques ou difficiles à dire, choses qui rendent heureux – les parfums retrouvés, les écritoires, les voitures qui passent les soirs d'été : ainsi s'écrit pour Sei Shônagon, au début du XIe siècle, à la cour de l'ancien Japon, la menue monnaie des jours, et ainsi elle en ordonne la trace, au fil du pinceau, dans ses *Notes de chevet*. Nous qui ne sommes ni du Japon ni d'autrefois, dans les pas de Sei Shônagon nous avançons ici notre chemin, dans le dédale des multiples savoirs qui tissent nos vies. Choses apprises de nos pères et de nos mères, choses apprises par surprise, avec et sans regret, choses lumineuses ou choses sombres – choses qui ne sont ni lumineuses ni sombres. Car depuis les premiers pas, les premiers mots, depuis le tout début, nous ne cessons d'apprendre. De ces apprentissages successifs, innombrables savoir-faire et révélations de tous ordres, petites astuces du quotidien, bribes farfelues et sans usage ou fabuleux trésors, nous avons oublié le plus souvent la découverte initiale. Le passeur a passé, le passeur s'en est allé, mais le ricochet de son savoir nous demeure, et tant de strates si diverses déposées en nous, amalgamées. Choses qui sont éloignées bien que proches, choses qui sont proches bien qu'éloignées : parfois aussi c'est un pays lointain qui nous instruit, le hasard des rues, le carrefour des songes.

Choses apprises du Japon

Il existe au Japon une pratique de gestes ailleurs inconnus, que des inconnus vous enseignent et que l'on n'oublie plus. Un jour comme un autre, on découvre qu'ils ont fait leur chemin et se sont installés, ont pris position dans votre corps à votre insu ; vous vous surprenez à les accomplir, ou plus sûrement encore quelqu'un vous les fait observer, qui vous a connu avant ce grand voyage : porter instantanément le pouce et l'index à son oreille quand on se brûle, pour atténuer la douleur par le contact avec la peau fraîche du lobe, que l'on pince légèrement ; lancer sa besace dans les filets du métro de Tokyo, sitôt entré dans la rame ; lever un index et tracer dans l'air des cercles rapides devant les libellules rouges à la fin de l'été, pour les étourdir, les immobiliser, les contempler.

*

Les Japonais déploient des trésors d'indulgence pour les retardataires. Vous êtes en retard certes, mais vous êtes venu, là est le courage. Quand le Français insiste sur le retard, le Japonais s'émerveille de l'arrivée. C'est là-bas (où j'étais toujours à l'heure) que j'ai appris à arriver quelquefois en retard (ici) et à en être fière.

*

Rieko T. m'a appris comment on guérit les maux des enfants. Bosse, mal de ventre, brûlure bénigne, piqûre d'insecte : il faut considérer tout cela avec le plus grand intérêt, puis effectuer très sérieusement le rite d'exorcisme suivant : un doigt tendu pointé vers la région du mal, on décrit des cercles tout en prononçant la première partie de l'incantation : *itai... itai...* (« bobo… bobo… »), puis la main s'élève d'un mouvement preste vers le ciel en écartant les doigts tandis que l'on complète la parole magique par un : *tondeke !* (« envole-toi ! ») Et comme pour les haïkus, brefs poèmes que l'on doit toujours dire tout haut deux fois, il faut réitérer la formule de guérison en accomplissant le même geste, car c'est ainsi que s'envolent, au Japon, les petits malheurs des enfants.

*

Lors de ma toute première année au Japon, il arriva que je me sente désorientée devant les étudiants japonais de la prestigieuse université nationale d'Osaka. Comment capter leur intérêt ? Comment les faire parler en classe au lieu de poser des questions toute seule dans le vide ? Iwane-sensei me répondit un jour : « Il faut trouver le chemin de leur cœur. »

*

Hokusai m'a appris ceci : « À soixante-dix ans, on sait enfin peindre oiseaux, bêtes, poissons et insectes, ainsi qu'arbres et fleurs en croissance. À quatre-vingts ans, on progresse encore. À quatre-vingt-dix ans, le talent artistique s'approfondit. À cent ans, on devient calme et docile. À cent dix ans, on mène une vie réduite à sa simple essence. » Il disait encore qu'il ne serait un véritable peintre qu'à cent ans.

Certes. Mais… encore faut-il savoir dessiner.

*

Lorsque vient la saison où les érables (*momiji*) rougissent – et uniquement à cette époque –, on peut trouver sur la route des temples de

Minô (Kansai) des stands de beignets de *momiji*. Cette friture a ni plus ni moins un goût de friture, la feuille d'érable n'étant trempée dans la pâte à beignets que pour lui donner son dessin. Et pourtant, j'ai toujours eu l'impression que ces beignets-là étaient meilleurs que les autres. Les enfants ne s'y trompent pas, qui trifouillent jusqu'au fond du cornet pour y cueillir le dernier tempura tout chaud, tout croustillant, tout semblable à une étoile ou à une… main d'enfant ! Dieu que c'est bon !

*

Nakagawa-sensei m'a appris que le japonais était une langue lococentrique tandis que le français était une langue égocentrique. N'y a-t-il pas là quelque chose de terrifiant ?

*

Dans les avions peuplés de Japonais, dans les restaurants et jusqu'à la plus anodine des cafétérias d'autoroute de l'archipel, j'ai appris à regarder d'abord mon assiette, sans hâte, et parfois même à m'émerveiller à haute voix si je suis accompagnée. Peut-être pas jusqu'à battre des mains de plaisir, ou à prendre une photo de mon repas, mais en ménageant une pause suffisante en signe de gratitude pour l'instant donné, pour le soin pris par quelqu'un à ce qui est là.

*

Ce n'est pas gagné d'avance, mais on y parvient parfois, miraculeusement, une fois surmontés les premiers essais un peu gauches, voire très salissants. Quelle indicible satisfaction ! Au plaisir de franchir un interdit, s'ajoute l'enivrante sensation de rejoindre la communauté japonaise dans son quotidien le plus ordinaire : savoir aspirer bruyamment, en signe d'appréciation, les nouilles de son bol de bouillon passablement brûlant.

*

Traîner des pieds haut et fort, c'est plus facile : comment faire autrement avec les semelles de bois de ces *geta* qui s'accordent par ailleurs si bien avec un kimono tout en volutes de volubilis, un soir de fête et de feux d'artifice ? On aimerait tant être encore enfant, pour faire tinter du même pas nonchalant les jolis grelots qu'on y attache que pour eux…

*

On n'entend que son nom, *matsukaze*, à la fin des pièces de Nô, mêlé au point de s'y confondre avec la voix de ceux qui se sont éteints, mais c'est là et nulle part ailleurs que j'ai appris à écouter la rumeur du vent dans les pins.

*

C'est un haïku de Madoka M. qui m'a enseigné à regarder la pleine lune. Non pas dans l'évidente clarté du neuvième mois, qui lui vaut d'être appelée « lune des moissons » tant elle éclaire les travaux des champs, mais dans sa perfection encore à venir ou déjà passée. Car les nuits d'attente ou de regret de la « lune claire » ont au Japon leur nom : la quatorzième (*matsuyoi*, « l'attente du lendemain »), la dix-septième (*tachimachi,* « attendre debout le lever de la lune »), la dix-huitième (*imachi*, « attendre assis le lever de la lune ») et la dix-neuvième (*fukemachi*, « attendre allongé le lever de la lune »).

Dix-septième nuit
sous la lune exactement l'échelle posée

Quelqu'un, sans doute, aura continué de travailler au jardin dans l'attente de la lune, oubliant l'échelle contre un arbre…

*

J'ai appris au Japon à ne pas fermer ma porte à clé. Ce n'est pas désagréable.

Et la légende du moineau à la langue coupée.

Et le goût du saké.

Choses lumineuses

« Plutôt que le spectacle d'une lune immaculée brillant sur un millier de lieues, c'est aux approches de l'aube, son apparition attendue, cette saisissante pâleur bleuâtre, aperçue au fond des montagnes, à la cime des cèdres, à travers le feuillage ou derrière le rideau d'une nuée d'averse, qui suscite une émotion à nulle autre pareille. »

Urabe Kenkô, *Les Heures oisives*

*

Bouts de bois, cailloux, coquillages, fragments de trucs rouillés, rebuts divers : tout ce qui se trouve sur votre route et qui s'adresse à vous avec insistance dans le silence des choses, sans raison décelable, hors de tout usage, il ne faut pas chercher au-delà, mais simplement le recueillir, sans résister à son appel.

Je ne sais plus précisément dans quelles circonstances ni avec quels mots, mais c'est bien du peintre Bernard M. dans son atelier que j'ai reçu cette sorte d'encouragement à faire une place près de soi aux objets inutiles s'ils s'imposent à vous, à prêter attention à leur voix. Et tant que l'objet rencontré par hasard continue d'émettre un peu de cette puissance et de cette lumière, je le garde, petit sphinx débonnaire qui prend peu à peu la poussière en me faisant de l'œil.

*

Certaines œuvres sont éternelles, nous dit-on. On est petit, on a de la bonne volonté, on veut bien tout croire. Mais devenu grand, ouvrant un livre, la voix d'un écrivain depuis longtemps disparu nous parle. On sait alors qu'il n'est pas mort et ne mourra jamais. Au Japon comme ailleurs.

*

Gilles Deleuze m'a appris quelque part dans son *Abécédaire*, sans doute à la lettre D, qu'on ne désirait pas une chose, mais un ensemble de choses : si j'hésite entre aller à la taverne et travailler, et que je penche pour la taverne, c'est que mille petites perceptions m'agitent, l'envie d'alcool sans doute, mais pas seulement, le chant des verres aussi, la conversation joyeuse et spirituelle des amis… Si je penche au contraire pour le travail, c'est que je suis sensible à la qualité du silence, au bruit du papier quand je tourne les pages, etc. Un ensemble de choses bien concrètes, en somme.

*

La météo avait beau me l'avoir chanté sur tous les tons, c'est à bord du train nommé Cerbère que j'ai acquis ce savoir élémentaire : lorsqu'on quitte Paris par un matin d'hiver pluvieux pour arriver dans le Périgord sous un soleil implacable, la ligne de démarcation entre le nord et le sud de la France se situe très exactement à Limoges, où une main invisible tire d'un seul coup la nappe de grisaille.

J'ai retrouvé cette même émotion en débarquant à Nagasaki : avant on vivait ni plus ni moins à travers un voile. Il suffit de le retirer (de faire route jusqu'au plus beau port du monde) pour se mesurer à la « vraie » lumière.

*

De ma mère j'ai appris à faire du feu dans une cheminée en disposant dans l'âtre nettoyé de ses cendres des feuilles de papier journal qu'il faut d'abord froisser pour que l'air y passe mieux, puis par-dessus des brindilles et encore au-dessus une ou deux branches de bois bien sec avant de craquer une allumette dans le papier, et de mettre, lorsque le tout s'enflamme durablement, et alors seulement, des bûches. J'ai appris en même temps, hélas, qu'on ne devait pas s'attarder à la magie des premières flammes pour la bonne raison qu'elles ne chauffent pas, le papier n'est là que pour enflammer le fagot (inutile de le gâcher). Seule la braise nous réchauffe.

*

Debout devant la planche à repasser, Suzanne F. m'expliqua qu'il ne fallait boutonner les chemises des hommes qu'à raison d'un bouton sur deux – sinon, ça les agace : trop long à défaire. Je ne m'étais jamais dit que je repasserai un jour des chemises d'homme, et je me suis sentie gênée comme par une confidence trop intime. Mais lorsqu'il m'arrive aujourd'hui de le faire, me revient l'image de Suzanne, la bonté de son geste, et je fais de même.

Il est vrai que les kimonos, dépourvus de boutons et de boutonnières, dispensent d'une telle marque d'attention…

Choses sombres

J'ai découvert une des formes du cynisme des adultes en recevant comme cadeau de Noël un jokari, c'est-à-dire un jeu auquel peut jouer un enfant unique, à qui l'on indique en substance qu'il n'a qu'à se débrouiller seul pour se renvoyer à lui-même la balle.

*

Mlle Rossignol, ma professeure de danse classique, m'a appris sans dire un mot, les yeux fixés sur le bandage de mon genou tuméfié, qu'une danseuse ne tombe pas.

*

J'ai su grâce à Mireille B., en fouinant dans le fichier auteurs du catalogue de la *Bibliographie de la France*, que Caroline Quine, l'auteur des *Alice* (Bibliothèque verte), n'existait pas. Il s'agit d'un pseudonyme collectif (Edward Stratemeyer, Mildred Wirt Benson, Walter Karig, et j'en passe…). De plus, son « vrai » nom est Carolyn Keene.

Les pseudos existent aussi au Japon. Non, l'auteure du bestseller *Kitchen* n'a pas été prénommée Banana à sa naissance, mais Mahoko. Banana Yoshimoto appartient à la génération X. Si l'on remonte dans le temps, Edogawa Ranpô, contre toute attente, ne reflète pas les ondes de la rivière d'Edo (comme son nom le suggère), mais la passion de Hirai Tarô pour les histoires extraordinaires. C'est pourquoi, en hommage au maître du genre, il s'est réinventé dans la prononciation japonaise d'Edgar Allan Poe.

*

Il y a des cœurs solitaires, mais c'est madame Voisine, mon institutrice, qui m'a appris que certains mots le sont aussi. Simple, triomphe, quatorze, quinze, pauvre, meurtre, monstre, goinfre et larve ne riment avec aucun autre nom commun.

*

J'ai appris à mes dépens, à Toyonaka, que contrairement aux rousses, les blattes noires avaient des ailes et savaient s'en servir.

Ce que la nature nous apprend

En hommage à l'*Éloge des vagabondes* de Gilles Clément, je laisse sur la terrasse des pots de fleurs ne contenant que de la terre, des potées où je ne sème ni ne plante rien, pour le plaisir d'y voir pousser un jour ce que le hasard de la pluie et du vent, le bon vouloir des insectes y déposent sans qu'on n'attende rien de particulier.

*

J'ai appris de mon parrain botaniste que le plantain soulageait les piqûres d'ortie alors que je venais de comprendre toute seule qu'il ne fallait jamais tenter de les cueillir.

*

Sur le chemin du sanctuaire Inari près de Kyoto, Robert D. m'a appris à reconnaître les buissons de *sanshô*, poivre rouge japonais, dont les feuilles froissées dégagent un parfum inoubliable, et les iris *shaga*. Hélas j'ai tout oublié de ses passionnants commentaires sur le dernier échelon de la sagesse et sur le bouddhisme japonais en général.

*

J'ai appris que les pieuvres avaient deux cœurs, parfois trois, ce qui m'a laissée rêveuse. Ah, pouvoir faire soupirer trois cœurs lorsqu'ils n'ont pas ce qu'ils désirent.

*

J'ai appris que l'animal que je prenais pour un putois était en réalité une mouffette lors de la visite de Sharon, cousine californienne. Sharon ne se déplaçait jamais sans Olga, à ma grande joie – j'avais dix ans et je découvrais qu'on pouvait avoir un animal de compagnie plus féérique qu'un teckel irascible.

La mouffette est noire et blanche alors que le putois est brun. Elle vit en Amérique, le putois en Europe. Ils ont un point commun : des glandes qui dégagent une odeur pestilentielle pouvant embaumer jusqu'à un kilomètre. La mouffette pue lorsqu'un teckel lui cherche des noises, mais avant elle prévient en tapotant plusieurs fois le sol de ses deux pattes avant. Sharon avait fait opérer sa mouffette, mais Olga l'ignorait. Aussi continuait-elle ses « clac-clac » d'avertissement sur le parquet. Au bout de plusieurs jours de « clac-clac / ouah-ouah », le chien était aphone et mes parents irritables. Sharon a donc déménagé emportant avec elle Olga, et ma joie de vivre.

*

C'est une fleur commune, fleur des talus et des lieux délaissés, belle comme seuls savent l'être, au bord des chemins de fer, les iris. On l'appelle herbe aux ânes, onagre, œnothère si l'on tient aux précisions. À la tombée du jour, elle déploie ses pétales, et ainsi la nomme la langue japonaise dans une ritournelle enfantine : « l'herbe qui attend la nuit » (*matsuyoigusa*). C'est Yo C. qui m'a appris, en fixant des yeux les onagres tandis que déclinait le jour, que l'on pouvait prendre le temps de les regarder s'ouvrir, délaisser toute activité pour cet instant, ne s'attacher qu'à cela.

*

Comment reconnaître un moineau mâle d'un moineau femelle ? C'est Marion V. qui me l'a appris. Le mâle arbore un plumage très contrasté et, surtout, comme un masque noir sur les yeux ainsi qu'une petite bavette, noire elle aussi, sous le bec. La femelle, non. Mais à elle le nuancier des pastels, le petit ventre caramel.

*

La mer doit s'être retirée loin, très loin, pour la pêche au couteau. On repère dans le sable les deux petits trous, caractéristiques de l'animal, dans lesquels on dépose un peu de sel. Le couteau croit au retour de la marée, il émerge, on le cueille prestement avant qu'il ne découvre son erreur. Reste à cuisiner au mieux sa substance élastique, mais rien n'égale en saveur ces souvenirs de la marée basse.

*

Un jour de fête des jardins à Paris, aux Tuileries, j'ai appris que l'on avait coutume de planter les pieds de tomate en même temps qu'éclosent les lilas. Et appris du même coup que cet adage ne valait plus rien depuis des années, pas plus que les « saints de glace » en mai, ni aucun des repères saisonniers d'autrefois, en raison du réchauffement climatique. Six hivers déjà ont passé, on ne casse plus la glace dans les bassins des Tuileries.

*

« Quand les kakis sont rouges, les médecins deviennent verts », dit un proverbe japonais. Lorsque mûrissent les kakis, le ciel est si limpide et le temps si doux, sec et lumineux, que plus personne ne consulte le médecin. (Si cette saison-là, au moins, pouvait être épargnée...)

*

La mousse-qui-rampe (*hai-goke*), la mousse bleue (*ao-goke*), la mousse d'argent (*giniro-goke*), et aussi l'herbe-qui-arrête-le-sang (*chidome-gusa*) qui guérit les petites plaies, reconnaissable à l'odeur douceâtre qui émane de ses brins si on les presse entre ses doigts. À croupetons dans ce qu'il destinait à devenir un « jardin » de quelque trois mètres carrés, M. Katô, dont jamais je ne saurai le prénom, m'a appris à nommer quelques-unes des merveilles dont il commençait à couvrir le sol. Chaque fois qu'elles s'offrent à ma vue leur nom me parvient, dans un éternel matin d'été sur la colline de Higashiyama.

Ces choses qui font battre le cœur

À la saison des pluies, les hortensias bleus du temple Meigetsu-in.

*

Les feuilles mortes de l'automne, *kare-ha*, littéralement « feuilles desséchées », que dans l'univers de la cérémonie du thé, et là seulement, on dénomme *teri-ha*, « feuilles lumineuses ».

*

Un jeune enfant, qui vous a ignoré toute la durée du voyage, vous fait un signe de la main quand vous descendez du train.

*

Retrouver une photo de classe.

*

Rendez-vous avec Akiyuki Nosaka. Sa femme nous ouvre la porte, nous la suivons, il est là, avec ses lunettes fumées. Je n'en reviens pas. L'auteur des *Pornographes* est là et il va répondre à nos questions durant tout l'après-midi, buvant du thé vert, fumant au nez des dieux de fines cigarettes.

*

Le regard de mon chat – comprenne qui pourra.

*

Une fleur suffit pour célébrer l'été, une de ces « fleurs de feu » ainsi qu'on nomme au Japon les feux d'artifice. Et nul besoin d'un bouquet lancé dans le ciel au-dessus d'une rivière qui en multiplie les couleurs : une seule fleur suffit, dans une ruelle de Kyoto une nuit de juillet, et le visage d'un enfant qui tient entre le pouce et l'index l'un de ces feux minuscules, au bout d'un fil torsadé que l'on enflamme d'une allumette, et qui sans bruit dessine une pluie de lumière, tel un cristal de neige qui doucement scintille et disparaît dans le noir.

De même suffit une fleur, inclinée dans un vase de bambou suspendu au mur d'un pavillon de thé, pour énoncer sans un mot la saison qui passe.

*

En pleine canicule, l'orage. Et les oiseaux de se baigner dans les flaques, éperdus.

*

La tombe sans nom de Yasujirô Ozu au temple Engaku-ji, seulement marquée du signe du vide (*mu* 無).

*

Ma fille m'a montré comment attirer les papillons en ouvrant et fermant les paumes l'une contre l'autre et sans bruit, en les faisant palpiter comme un battement d'ailes – les papillons eux-mêmes, sans aucun doute, lui auront révélé ce secret.

*

Dans un jardin d'enfants du quartier de Hachiman-yama, dans la banlieue de Tokyo, j'ai appris – en section « débutantes » – comment on endort au Japon un petit enfant. Non pas en le berçant dans un landau que l'on fait aller et venir, ou un couffin, ou bien encore une nacelle que l'on fait osciller, pas même au creux des bras qui déposeront l'enfant dans son lit, au risque de l'éveiller, mais tandis qu'il est déjà couché sur le côté ou le ventre, sur un matelas à même le sol. On reste alors auprès de lui à tapoter son dos d'un geste régulier de la main, jusqu'à ce qu'il trouve le sommeil, dans la sérénité de ce rythme et de ce contact répété comme une vague. Ainsi s'endort le tout petit, sous le regard invisible et aimant de qui le guide vers les songes.

*

L'automne à Kyoto, au sanctuaire Nashinoki, quand le vent disperse les mots des poèmes suspendus aux rameaux des lespédèzes.

*

Sur la ligne Yokosuka, au sud de Tokyo, le panneau indiquant l'arrêt « Kita Kamakura », comme au tout premier plan du film *Printemps tardif* d'Ozu en 1949.

*

Dans la mer intérieure du Japon, il y a la petite île de Teshima. Tout au bout d'un long chemin bordant le rivage depuis le port de Karato, il y a une maison. Une étroite maison de bois noir où l'on entre à tâtons, dans une totale obscurité. Par moments, imprévisible, la lueur d'un filament électrique vacille au rythme de milliers de battements de cœur, enregistrés dans le monde entier, qui résonnent avec notre propre pulsation. Ce sont les Archives du cœur de Christian Boltanski.

*

Une page d'écriture, tracée par la main d'un vieil homme. Sur une photo prise par David Seymour lors d'un reportage en Italie en 1950, un homme dont ne voit pas le visage, mais seulement les mains, tannées et calleuses, de paysan ou d'ouvrier, est en train d'écrire sur un cahier réglé. Sa main gauche appuyée à plat sur la feuille, il trace de l'autre la lettre A, au porte-plume, à la suite d'autres lettres identiques.

« Gardez-vous d'oublier vos débuts, écrivait Zeami dans son traité sur le théâtre Nô *Le Miroir de la fleur*, en 1424. N'oubliez pas vos débuts dans chaque période, n'oubliez pas vos débuts dans la vieillesse. »

*

Le jardin clos de Yoritomo, l'illustre samouraï qui établit en 1185, et pour des siècles, la suprématie de la caste guerrière au Japon. N'y poussait, dit-on, selon son vœu, que l'armoise : une herbe folle inutile, d'un vert pâle incomparable, dont on teint les éventails au théâtre Nô.

*

Kikujiro qui court sur le pont, cartable au dos, au tout début de *L'Été de Kikujiro*, de Kitano.

*

Visiter la maison de Lafcadio Hearn à Matsue. Il a vécu ici, il a bu du thé ici, il a conçu ici son fabuleux abécédaire anglais pour ses enfants.

*

Dans les ruelles de Tokyo les soirs d'automne, l'odeur du maquereau grillé qui donne son titre au mélancolique film d'Ozu traduit en français par *Le Goût du saké*.

*

Les petits « bonzes de beau temps » en papier, *teru-teru bôzu*, que les enfants accrochent à l'auvent du toit, aux appuis des fenêtres, pour que cesse la pluie qui les empêche de jouer au-dehors.

*

La fragilité du martinet, qui meurt si on l'encage.

*

Le fait que le cœur en japonais se dise : *kokoro*…

Choses apprises de nos mères

Quand j'étais enfant, lorsque je demandais à ma mère de m'aider à faire mes lacets, d'ouvrir un pot de confiture, d'attraper quelque chose tout en haut d'un placard, elle me répondait : « Comment ferais-tu si tu étais sur une île déserte ? »

J'ai appris de ma mère à penser comme Robinson Crusoé.

*

« Si tu as faim, mange ta main, et garde l'autre pour demain », me conseillait-elle – et il faut reconnaître que c'est bien pratique en voyage – avec, cependant, une alternative stratégique plus propice au songe : « Dîner avec les chevaux de bois. »

*

J'ai appris de ma mère, qui le tient de Shirley MacLaine (*Some Came Running*, 1958), que si l'on est doté d'ongles à grandes lunules on ne peut pas être tout à fait mauvais.

*

Ma mère m'a appris qu'un petit chez-soi vaut mieux qu'un grand chez-les-autres. Les oiseaux, à leur façon, l'ont bien saisi, qui ont fait de mon jardin miniature leur *home sweet home*.

*

Ma mère m'a appris la formule magique pour ne plus avoir peur des insectes (ça marche aussi avec les araignées) : « La petite bête ne mangera pas la grosse bête. » Malgré cela, j'ai toujours l'impression que la petite bête c'est moi.

*

De ma mère me viennent beaucoup de choses, et des plus importantes : comment manger sa soupe trop chaude en commençant par des cuillerées sur le bord, là où le contact avec l'assiette creuse la rend moins brûlante – comme plus tard, à la mer, on s'enhardit peu à peu, près du rivage, avant d'entrer dans l'eau pour de bon. Elle m'a aussi appris à me protéger du froid à mobylette, en calant des journaux pliés sous le blouson et, plus généralement, à considérer le monde sous l'angle de la température et à y résister.

*

Ma mère m'a appris qu'il fallait se démaquiller tous les soirs, qu'il pleuve, qu'il neige ou qu'il vente, quels que soient l'heure ou le degré de fatigue, et même le soir de ses noces. Elle ne se maquillait pas.

*

Nous sommes si différentes. Ainsi, je n'ai jamais compris le paraphe démesuré de sa signature. J'avais d'ailleurs été punie en CE1 ou CE2 pour avoir tenté de l'imiter sur un bulletin scolaire moins reluisant que les autres. Or, plus le temps passe, plus on me dit qu'elle et moi avons le même sourire, les mêmes intonations au téléphone. De mon côté, je vois bien que je signe presque comme elle.

*

Ce sont des choses qu'on ne vous dit pas, des gestes sur lesquels on ne s'attarde pas. On les voit se reproduire et un jour on se surprend à les répéter, on se sent brutalement changer d'âge et ressembler à ses parents. Cette façon qu'avait ma mère de casser par le milieu une branche morte, trop longue pour entrer dans la cheminée, en la tenant à deux mains et en prenant appui sur le haut du tibia, juste au-dessous du genou, un jour ce fut la mienne. Geste venu de loin, qui a passé par bien des corps et se renouvellera tant que l'on fera du feu.

*

Ma mère m'a appris à cocher les chèques débités sur les relevés de compte, à plier les serviettes de toilette en trois, à toujours répondre « un shampoing normal » à l'éternelle question des coiffeurs : « Qu'est-ce qu'on vous fait comme shampoing ? »

Choses apprises de ma mère (dans la tradition japonaise) et qui se révèlent contraires aux usages des psychanalystes

Lorsque l'on donne à quelqu'un, en contrepartie d'un travail ou d'une leçon, une somme en espèces, toujours veiller à placer ladite somme dans une enveloppe – tout comme on le fait au Japon. Mais, là, l'enveloppe est alors elle-même contenue dans un carré de tissu que l'on déplie devant le maître de thé ou le maître de Nô.

*

Si l'on tient à s'allonger sur un canapé – un sofa, un divan –, toujours veiller à ôter préalablement ses chaussures, bien entendu.

*

Éviter de parler de sa petite personne et de monopoliser la parole.

Apprentissages en cascade

Muguette C. m'a appris comment éloigner les souris de jardin : le muridé aux grandes oreilles ne goûte guère la proximité de la menthe poivrée ni de l'eucalyptus. Chez le pépiniériste, j'hésitai longuement devant l'arbre élancé puis, revenant à moi et à la nature minimale de mon eldorado, réduisis ma prétention à l'achat de la menthe poivrée. Je me procurai tout de même un flacon d'huile essentielle d'*Eucalyptus radiata*, le plus capiteux, nourrissant ainsi le fol espoir de voir la voisine remiser ses tapettes.

Une recherche en cachant une autre, cette histoire m'aura aussi enseigné que la menthe, poivrée ou verte, est bénéfique de A à Z, de l'asthme jusqu'au zona. Idem pour l'eucalyptus dont les vapeurs flottent encore jusque dans la maison au point que, quand je rentre chez moi, j'ai l'impression de rendre visite à Marcel Proust.

*

Mes copains d'école m'ont appris qu'on pouvait allumer un feu avec un morceau de verre et un rayon de soleil. Un peu plus tard, ma mère m'a appris, au moyen d'une bonne taloche, que je n'avais pas à donner mes lunettes à mes copains d'école, et encore moins pour allumer un feu !

*

« J'ai compris, il y a déjà quelque temps, que c'est l'oisiveté qui engendre toutes nos vertus, nos qualités les plus supportables – contemplation, égalité d'humeur, paresse, bonne digestion mentale et physique, plaisirs de la chair, lézarder au soleil. Il n'y a rien de mieux, rien qui puisse se comparer à cela, rien d'autre en ce monde que vivre le peu de temps qui nous est accordé, respirer, être vivant, et le savoir », ai-je appris de Lucille dans *La Chamade* d'Alain Cavalier, 1968, qui l'apprend de Faulkner, *Les Palmiers sauvages*, traduit par M.-E. Coindreau en 1952, et le lit très joliment. La preuve, tout le monde applaudit.

*

Pierre F., dessinateur et conseiller aquatique à l'occasion, a voulu m'apprendre à me servir de palmes. Règle numéro 1 : ne pas les enfiler dès les vestiaires. Attendre d'être arrivée au bord de la piscine.

C'est ainsi que j'appris, par la même occasion, qu'il me prenait pour une demeurée.

*

J'ai appris de Martha Graham, qui le tenait de Sarah Bernhardt, que les yeux prennent mieux la lumière et « paraissent garnis de cristaux » lorsque l'on applique sur les cils de la cire colorée au moyen d'une brosse. J'attends avec impatience de faire mes premiers pas sur scène.

*

Je ne sais dans quel film l'héroïne rapproche deux personnes en faisant croire à chacune que l'autre nourrit un tendre sentiment à son égard. Tout est faux et ça marche. Cela m'a appris à me méfier de ma réaction si d'aventure on me rapportait les mille qualités qu'on m'attribue. Ça ne manque jamais. Ma complaisance s'épanouit comme fruit au soleil, la vanité prend toute la place, l'auteur des louanges devient aussitôt infiniment aimable.

*

À l'hôtel où nous étions descendus cet été-là, à Malte, on m'avait autorisée à demander moi-même les clefs des chambres (13, 15 et 17), en anglais. Pourtant, les obtenir en susurrant du haut de mes huit ans au réceptionniste : « *tartine, fiftine ande sévennetine, plize* » me laissait légèrement sceptique. D'où l'idée fixe, qui ne me quitta plus jusqu'à ce que j'aie l'âge d'entrer au collège : apprendre un jour l'anglais… pour de vrai.

*

C'est Rieko T. qui a montré à ma fille comment caser ses tee-shirts dans une valise. Non pas en les pliant – c'est-à-dire en faisant des plis – mais en les roulant, petit truc fort utile que ma fille m'a enseigné à son tour.

*

« Solitaire, sous la lampe, c'est une joie incomparable de feuilleter des livres et de se faire des amis avec des hommes d'un passé que je n'ai point connu ». Urabe Kenkô, qui écrit ceci au début du XIVe siècle dans *Les Heures oisives*, est maintenant mon ami.

Choses que l'on regrette d'avoir apprises

Je n'ai jamais oublié ni la première phrase de japonais que l'on m'a apprise à Paris, avant mon tout premier voyage, ni ma déception, parce que cela ressemblait à du polonais : « *Itchigo aïskrim skideska ?* » – autrement dit : « Aimes-tu les glaces à la fraise ? »

*

C'est à l'âge de cinq ans, et lorsqu'il lui a demandé un autographe alors qu'elle se promenait dans un magasin de jouets d'Hollywood, que Shirley Temple a appris que le père Noël n'existait pas.

*

Frédéric, chef incontesté de notre bande de cousins et cousines, avait toujours des idées merveilleuses. Un jour, particulièrement inspiré, il nous entraîna dans les bois au pied d'un chêne et nous montra les lianes qui s'enroulaient autour du tronc. Il en détacha des morceaux qu'il distribua à la ronde, sortit un briquet de sa poche, puis alluma nos lianes-cigares. Ça puait, ça s'éteignait, on s'étouffait, mais on s'accrochait : Fred était en train de nous apprendre à fumer. Quelques instants plus tard, verdâtres et nauséeux, nous avons compris qu'il nous avait surtout appris à en être dégoutés.

*

Je dors d'un œil depuis que j'ai appris qu'Asmodée, le diable boiteux, la nuit venue soulève les toits des maisons pour regarder à son aise les jeunes femmes dormir.

*

J'ai appris de bonne heure que le mensonge et l'imposture pouvaient passer inaperçus, et même vous gratifier de quelques lauriers, en remportant le premier prix de rédaction de la ville de R. pour un compliment écrit au cours moyen, première année, à l'occasion de la Fête des mères.

Choses que l'on regrette de ne pas avoir apprises

Aux échecs, la prise « en passant ».
Se taire à point nommé.
La recette des œufs à la neige.

*

Je n'ai pas appris à dire non. Pour de mystérieux motifs, le monde de l'enfance, son dispositif matériel tout particulièrement, était organisé de manière à ne pas me faire entendre un vocable dont je devais ignorer l'usage. Ainsi on n'avait pas à m'interdire de toucher aux allumettes puisqu'elles étaient placées en hauteur, sur le manteau de la cheminée. Le reste à l'avenant : les ruses du découragement plus que l'interdiction directe, la position inaccessible de l'objet convoité (de quelque objet de désir que ce soit, du reste, auquel on opposerait un refus) ; tout était préférable à un « non » explicite. Et puis un jour, allez savoir pourquoi, on largue d'un coup les amarres pour un pays appelé Japon, à dix mille kilomètres de tous les manteaux de cheminée, un pays où l'on ne dit jamais « non » – mais où l'on apprend à l'entendre, autrement.

*

Je n'ai pas appris à remuer le bout du nez, comme Samantha dans le feuilleton *Ma sorcière bien-aimée*, pour faire apparaître ou disparaître les choses – ou moi-même – afin de contourner les difficultés, et c'est bien dommage. Je n'ai pas appris non plus à ne laisser que mon sourire dans les arbres, comme le chat du Cheshire d'*Alice au pays des merveilles*, dans les situations embarrassantes ou affreusement ennuyeuses, et je le regrette tout autant.

*

Ah comme j'aimerais pouvoir lancer à la cantonade : « Je quitte cet enfer à l'instant même ! », tout comme les héroïnes des pièces de Tchekhov et dans l'heure, les domestiques feraient atteler ma voiture. Mais on ne m'a jamais appris à partir.

*

Quand j'ai appris que la doyenne des Français (Paule Bronzini, cent douze ans) venait de mourir, personne n'a su me dire de quoi.

*

Trois noms pour une goutte de pluie – *ameshizuku, uteki, amadare* –, n'est-ce pas trop ? Ne seraient-elles donc pas, au Japon, toutes semblables ?

Je me demande parfois si, mieux informée du lexique, après avoir lu *Interminablement la pluie*, chef-d'œuvre de Nagai Kafû, je n'aurais pas choisi d'embarquer pour un pays un peu moins humide…

Savoirs muets

J'ai appris bien des choses en lisant Robert Pinget, notamment que « Ce qui se conçoit bien, ça ne s'énonce pas, ça se fait. C'est parce qu'on n'y comprend rien qu'on cause. Si on comprenait on serait trop content de se taire » (*Quelqu'un*).

*

Mon premier clavier de piano fut une bande de carton gris, striée de marques au crayon figurant les touches : j'ai appris la musique comme d'autres à nager la brasse, à plat ventre sur un tabouret, dans le vide.

*

De ma mère une certaine douceur me vient, une manière d'émousser les difficultés, de dissoudre les obstacles, d'aborder la dureté. Faire couler un peu d'eau sur un morceau de sucre pour le délayer dans un yaourt, quand la cassonade en poudre vient à manquer. Incliner la bougie sur la flamme pour en liquéfier la cire et assurer ainsi la stabilité sur la soucoupe faisant office de bougeoir.

*

Il y a des choses qu'on n'apprend pas. On les sait, c'est tout. Chaque fois que je dépiaute une crevette ou que je mange de l'agneau, je sais, clair comme eau de roche, que j'irai en enfer.

*

Quand j'ai quitté le Japon – mais le quitte-t-on un jour ? – un ami m'a donné une minuscule grenouille en céramique qui tient dans le creux de la main. Car en japonais « grenouille » se dit *kaeru* et le verbe « revenir » se prononce de même.

*

Laurent Terzieff verse en silence du vin rouge dans le verre de Dominique Sanda. Le vin déborde, coule sur la nappe blanche. Quelque chose ne va pas et c'est très bien. Plus qu'un beau discours, c'est cette image du film *Utopia* qui ancra profondément en moi le goût du paradoxe.

*

On a toujours raison de se taire.

C'est Auguste de Villiers de L'Isle-Adam qui m'a appris dans *L'Ève future* combien le silence peut être éloquent. De là, la vertu du secret. Il ne s'agit pas de superstition, mais de chimie. Si on dévoile un projet à haute voix, la force nous manque ensuite pour le réaliser. La belle énergie s'en est allée dans les mots. Ça vaut pour les petites choses comme pour les grandes : maîtriser ses rêves, devenir une sainte, apprendre à dessiner…

*

Dans la vie de tous les jours, j'ai appris à ne pas faire d'« observations », suivant en cela ce que dit Roland Barthes à propos de sa mère, qui ne lui en adressait jamais. C'est à Marc F. que je dois d'avoir prêté attention à cette incise dans *La Chambre claire*, lui qui disait de même de sa propre mère, et aussi combien ce fondement de leurs échanges était sans prix.

*

Mon ami Simon (prononcer Saïmone) m'a appris qu'en Angleterre la minute de silence dure deux minutes, soit une pour les morts et une pour les vivants.

*

Par quelle œuvre pour piano s'achevait ce concert, au festival de La Roque d'Anthéron, je ne sais plus, mais j'ai appris ce soir-là, en voyant Jacques D. ménager un assez long silence avant d'applaudir, qu'on peut garder en soi ce moment silencieux après la musique et entrer à son rythme, intime et seulement pesé selon sa propre écoute, inaliénable, secrète, et non comme un geste usé, dans la pluie des mains qui crépitent.

*

J'ai appris de Jules Laforgue ce qui se vérifie à tout moment, que l'écriture est un baume.

*

Ce n'est pas dans un code typographique – enfin pas seulement – que j'ai appris les bases de la correction de textes, mais dans *Columbo*. Car le génie du lieutenant Columbo, c'est de saisir ce qui cloche dans une scène de crime. Et ce qui cloche n'est pas toujours un détail bizarre, illogique, incongru, mais parfois ce qui manque, ce qui devrait être là et n'y est pas.

L'attention à ce qui fait défaut en tant que signe, c'est ce qu'il faut cultiver en relisant un texte. Ne pas s'attacher seulement aux « coquilles », mais à l'oubli.

Déceler l'invisible, écouter l'imperceptible.

Savoirs différés

C'était une nuit de l'âme, et elle durait. J'étais tout de même allée voir *Les Trois Sœurs* de Tchekhov, et d'abord je l'ai à peine remarquée, perdue dans l'autre drame qui se donnait dans ma tête, cette phrase que répète le capitaine Vassili Vassilievitch Saliony. Mais elle m'est revenue plus tard, et depuis résonne régulièrement, comme une secousse salvatrice, actionnant au moment opportun le mécanisme d'un atténuateur de tragédie : « Quelle importance ! »

*

Il est des leçons que l'on retient mieux que d'autres, qui distillent à parts égales l'antipoison et l'ivresse : « Tout ce qui est rigoureux est insignifiant », annonçait d'entrée le mathématicien Daniel A. pour notre premier cours. Des leçons suivantes, je n'ai pas oublié l'encouragement à avoir toujours près de soi un carnet où noter nos interrogations, à l'ouvrir souvent. Plus tard viendrait de Bashô un autre enseignement, ajoutant aux questions l'étonnement des jours : « La lumière qui se dégage des choses, il faut la fixer dans les mots avant qu'elle ne s'éteigne dans l'esprit. »

*

Entrant par hasard dans une parfumerie, je reconnus derrière le comptoir mon institutrice de CM2 ! Tétanisée (j'étais jeune ado), je la laissai me parler de son nouveau métier tout en me promettant de ne plus traîner dans les parages. Deux ans plus tard, mon professeur de français, qui se faisait beaucoup chahuter en classe, quitta l'enseignement en m'envoyant une lettre que j'ai gardée des années : « Mon nouveau poste aux télécommunications me passionne. » Surprise, déception, scandale ! Il m'aura fallu bien du temps pour comprendre cette leçon de liberté. Un cadeau pour l'avenir. Attrape !

*

Nounours apparaît sur l'écran avec en bande-son « Bonne nuit les petits », mais on n'a plus cinq ans. C'est dans *Boy Meets Girl* que je pris conscience que je n'avais pas été la seule enfant à attendre chaque soir ce moment télévisuel privilégié, l'échelle et les nuages, le marchand de sable. Leos Carax m'a appris mieux que quiconque le contenu réel du mot « génération », la tristesse qui l'accompagne.

Choses apprises de nos pères

Mon père m'a appris à me curer les ongles en taillant une allumette avec un canif, à arroser jusqu'à les noyer le pied des arbustes qu'on installe dans la terre, à faire cuire un œuf à la coque en le plongeant dans une petite casserole d'eau bouillante et à compter trois minutes en tenant la montre dans sa main et non le contraire.

*

Mon père m'a appris comment garder son calme en toutes circonstances : il suffit de serrer les mâchoires. Dans la famille, on est musclés des mandibules.

*

Un dimanche d'automne, il y a bien bien longtemps, alors qu'il pleuvait à verse, adieu balade en forêt, adieu cèpes, bolets, chanterelles et girolles, mon père, astronome amateur, nous a appris, à ma sœur et moi, que, si nous étions sur Vénus, la pluie s'évaporerait avant même d'avoir touché le sol. Avant qu'on ne se précipite dans nos chambres pour y faire nos valises, il a jugé bon de préciser que c'est une planète sur laquelle il pleut de l'acide sulfurique. « Et évidemment, il n'y a pas de champignons », a-t-il ajouté.

*

J'ai appris de mon père qu'on pouvait disposer dans un jardin, au mépris des almanachs et des traités, d'électives pousses, des alliances végétales seulement dictées par un poème – planter un rosier parmi les raisins sur un vieux mur en pensant au *Desdichado* de Nerval, et ce pour cette seule raison.

Dans la nuit du Tombeau, Toi qui m'as consolé,
Rends-moi le Pausilippe et la mer d'Italie,
La fleur qui plaisait tant à mon cœur désolé,
Et la treille où le Pampre à la Rose s'allie.

Il m'a appris aussi, en passant dans les allées d'un jardin, à presser les feuilles des plantes aromatiques pour en recueillir sur les doigts l'odeur sans les abîmer. Et aussi que le romarin a un parfum d'encens.

*

Mon père a essayé de m'apprendre à décortiquer une crevette avec un couteau et une fourchette, à siffler avec un brin d'herbe, à reconnaître les étoiles dans le ciel.

Pendant longtemps. Très longtemps. Et encore aujourd'hui.

Trucs, astuces, méthodes

Lors de son premier séjour en France, une amie japonaise m'a franchement posé la question : « Ils ont un problème, chez vous ? », suffoquée devant l'inefficacité des prétendues « ouvertures faciles ». On n'inscrit pas « ouverture facile » sur les boîtes au Japon, on les ouvre, un point c'est tout.

*

Mais où est donc Ornicar ?

C'est assez, dit la baleine, je me cache à l'eau car j'ai le dos fin !

Racine Boileau de La Fontaine Molière.

*

Tout belge qu'il est, c'est Patrick D. qui m'a appris à cuire le riz japonais. Pour commencer, il faut laver le riz dans très peu d'eau froide, d'un geste qui, venant frapper par poignées les grains les uns contre les autres, les « casse » et en libère l'amidon. Le rincer ensuite en ôtant au passage les grains indésirables et les impuretés. Quand l'eau est claire – ne pas hésiter à renouveler l'opération cinq ou six fois – il reste à évaluer le volume nécessaire à la cuisson. La chose devient à la fois plus subtile et plus approximative. Plongé dans le récipient, l'index devra s'enfoncer pour moitié dans le riz et pour moitié dans l'eau dans laquelle il repose. C'est peut-être moins précis qu'un verre gradué, mais le caractère artisanal de la méthode la rend adaptable à toutes circonstances.

*

Pour servir un thé au lait, il est préférable de verser d'abord le lait, ensuite le thé. C'est que le thé, brûlant, risque de déchirer la porcelaine. Je tiens ce savoir de Sabine Azéma, la fille de M. Ladmiral dans *Un dimanche à la campagne*.

*

Loué soit saint Fiacre, patron des jardiniers. Ne vous fiez pas à l'aspect de rameaux apparemment sans vie d'un arbuste, mais ployez-les doucement : s'ils sont raides et secs, ils se brisent. Il convient alors d'en débarrasser la plante pour favoriser sa vigueur. Ceux qui résistent et fléchissent avec souplesse, même s'ils semblent morts, ont en eux le printemps dont on peut espérer feuilles et fleurs.

*

Un demi-citron piqué de clous de girofle, posé sur la commode de la chambre, l'été, éloigne les insectes – et quand bien même il serait sans effet, ce petit soleil emprunté, il embaume et enivre.

*

Un petit miroir dans le sac, plus jamais je n'ai eu le cou cassé à regarder des plafonds peints à Venise toute la sainte journée. Dans la paume, comme un livre : les cortèges divins, les amours joufflus, les anges musiciens.

*

Il existe une méthode infaillible pour retrouver le nom qu'on a sur le bout de la langue : noter les mots qui vous viennent spontanément à l'esprit en le cherchant, et qui se révéleront après coup avoir en commun avec le mot momentanément caché dans le labyrinthe de la mémoire un air de famille, une musique, une syllabe, un rythme, une couleur. Au bout de cinq tentatives tout au plus, le nom insaisissable surgit. Je ne sais plus qui m'a enseigné ce tour de prestidigitation, curieux tour dont on est simultanément l'interprète et le spectateur.

*

Quelle belle invention le téléphone ! Plus besoin de s'encombrer d'un diapason pour chanter juste ! Décrochez le combiné et vous obtiendrez une tonalité de 440 Herz, le *la* officiel des orchestres.

*

Jean E., grand voyageur, m'a appris à cesser de me flinguer les yeux au moment de retrouver ma valise à l'aéroport, dans le défilé des bagages sur le tapis roulant. Il suffit d'y avoir attaché un ruban de couleur à la poignée pour qu'elle se détache du lot, si mienne, si unique, si ridicule.

*

La parfumeuse de la rue des Gras à Clermont-Ferrand m'a appris que si on voulait sentir plusieurs fragrances à la suite sans qu'elles se mélangent, il fallait se « fabriquer » un nouveau nez en respirant un bol rempli de grains de café. Pour moi, c'était sans doute trop tard puisqu'il m'a semblé que ses grains de café sentaient les fleurs.

*

« Montrer les nuages pour désigner la lune » : une stratégie chinoise, selon Philippe P., féru d'Asie et de littérature, permettant à votre interlocuteur de saisir indirectement l'objet de votre demande. Ainsi l'amour propre est-il préservé de part et d'autre, et la cause aisément gagnée.

*

En plaçant un caoutchouc autour d'un couvercle, on peut ouvrir n'importe quel bocal, même particulièrement rétif, car on dispose ainsi d'une meilleure prise : cela, ma mère me l'a enseigné, et il faut reconnaître que c'est bien commode, même à l'ère d'internet, et vous assure toujours un petit succès dans les cuisines – ce qui n'est pas à négliger.

*

Séparer sans blesser, diviser sans couper ni plier. Avant de s'essayer à peindre des bambous sous la neige, la première leçon de lavis à l'encre de Chine est sans offense pour le papier. De haut en bas de la feuille à préparer à la dimension souhaitée, tracer une ligne transparente, d'un trait de pinceau simplement trempé dans l'eau : les deux pans du papier de riz se laissent alors séparer sans dommage et sans bruit. (Pour la neige, on parsèmera d'abord la feuille d'invisibles gouttes de lait que l'encre noire révélera ensuite, tout aussi miraculeusement – à condition, merci à Marie-Florence D., de préférer le lait entier.)

*

Le plus délicat, c'est la valise. Au prix des chambres d'hôtel dans le centre de Tokyo, quatre mètres carré et demi, c'est finalement suffisant pour dormir, même à deux. Mais la valise ? Car il faut bien l'ouvrir pour y puiser quelques affaires… Grâces soient rendues aux règlements de sécurité : les couloirs, au moins, sont d'une largeur confortable. Et on s'habitue somme toute assez rapidement, entre deux saluts aux voisins de palier, à y déballer, l'air de rien, son paquetage.

*

Vuos êets en tairn d'andpprere que puor lrie qleuuqe csohe, sleues les prierèmres et drneèries lrtetes ont bieosn d'êrte à la bnnoe pcale.

Choses qui font froid dans le dos

L'ombre, surtout la mienne. Les reflets, quels qu'ils soient. La combinaison des deux. Il m'a fallu du temps pour en prendre conscience. De son côté, Jack Nicholson m'aura appris que si je tenais à une certaine paix dans la vie, je ferais mieux de ne pas dévoiler mes secrets au premier diablotin venu (*Les Sorcières d'Eastwick*).

*

J'ai appris dans un *Lili* – mais lequel ? – qu'il ne fallait pas faire bouillir les petits pois.

*

On vend souvent sur les marchés du temple des objets anciens assez recherchés : pinceaux, pierres à encre, sceaux… mais aussi des peignes en bois plus ou moins précieux qui nous rappellent une époque définitivement révolue. Seuls les *gaijin* (les étrangers) les exhibent ensuite dans leur intérieur. Les Japonais se méfient : comment savoir si la chevelure coiffée jadis appartenait à une belle personne... ou à un démon.

*

Quand j'emménageai dans ma « maison » à Toyonaka – une minuscule entrée, un coin cuisine sans eau chaude (mais une baignoire à chauffer au gaz) et une pièce de six tatamis –, ma chambre devint bien sûr mon salon. Quelle ne fut pas la gêne de mes amis japonais en découvrant la grande glace en forme de demi-lune qui faisait ma fierté.

Certes, les fantômes n'existent pas. En même temps, c'est par là qu'« ils » reviennent, la nuit.

*

Mieux vaut se méfier des apparences. Les *rokuro-kubi* ressemblent en tout point à des humains, mais leur cou s'allonge démesurément la nuit. Parfois leur tête se détache, flotte au-dessus d'eux et vient vous sucer le sang pendant votre sommeil. Quant aux *bakeneko*, avec leur air de chat inoffensif, ils peuvent se dresser sur leurs pattes arrière, prendre forme humaine et jeter des boules de feu dans toute la maison.

*

Il y a les *yukimi-buro*, les bains dans des sources chaudes naturelles, au nord du Japon : une grande cuve de cyprès dans laquelle flotter voluptueusement tout en admirant le paysage enneigé. Et il y a les *Goemon-buro*, les chaudrons de Goemon que l'on trouve un peu partout dans les bains en plein air au Japon, où l'on peut se tenir à deux ou trois et qui font toujours la joie des enfants : ainsi nommés en mémoire du bandit Goemon, qui fut bouilli vivant dans une cuve d'huile en 1594, avec son jeune fils, après avoir tenté d'assassiner le seigneur de guerre Toyotomi Hideyoshi.

*

À la fin des *Contes de la lune vague après la pluie* de Mizoguchi, on comprend d'un seul coup ce qui s'est passé. L'horreur vous saute au visage.

Choses presque rassurantes

La nuit du Nouvel An au Japon, si on rêve du mont Fuji, d'un faucon et d'une aubergine, on est assuré d'être heureux toute l'année.

*

Quand on invite des amis à 20 heures, en France, les premiers arrivent à 20h15, les autres s'échelonnent jusqu'à 21 heures, voire au-delà.

Au Japon, on les invite pour 19 heures, et à 19 heures, *pin-pon* (en français « dring-dring ») ! On ouvre la porte et ILS SONT TOUS LÀ.

*

Clément Rosset dans *Le Principe de cruauté* m'a appris qu'à une passion succède une autre, guère plus valable, guère plus défendable, pas mieux, pas pire : après feu mon chat, les oiseaux. Bientôt, pourquoi pas, les poissons. Les méduses. Les paramécies.

*

En écoutant *Peer Gynt* d'Edvard Grieg, les dimanches de pluie où on ne pouvait pas aller aux champignons, nous avons appris, ma sœur et moi, qu'on peut faire les pires crapuleries, être menteur, paresseux, bagarreur, ivrogne et presque fou, il y a toujours quelqu'un qui vous aime envers et contre tout, quelqu'un qui croit en vous et attend votre retour. C'était tentant. Ça l'est encore.

*

J'ai appris de Sylvain C., maître ès distinctions, que plumes et écailles mises à part, la vraie différence entre l'homme et l'animal, c'est que l'animal ne ment pas. Il manifeste des signes qui seront suivis d'un comportement précis, prévisible pour qui a reconnu l'avertissement. Impossible que le signe soit suivi d'une entourloupe. Le jour où l'animal se mettra à mentir, nous serons dans de beaux draps.

*

J'ai appris de Claude L., mon professeur de littérature à Paris X, lors d'un séminaire intitulé « L'écriture et le corps », qu'on était tous plus ou moins fols. S'il ne l'a évidemment pas formulé en ces termes, je puis en revanche garantir l'exactitude (sans parler de la justesse) de ce qui suit, qui m'accompagne depuis lors sans faillir, répondant ni plus ni moins à la sempiternelle question du comment faire, et qui est si beau que je vais à la ligne :

« Vivre sa petite folie personnelle sans en incommoder les autres. »

*

Au cours d'un séjour à Kyoto chez les amis C., j'ai soudain eu envie de retourner quelques jours à Naoshima (Shikoku). Une fois seule dans le train de nuit, je n'en menai pas large ; peur de me tromper de bus, de port, de bateau...

Mais l'escapade fut magique de bout en bout.

De retour à Kyoto, j'osai confier mes premières angoisses à mon ami qui me dit : « Mais enfin... Voyons... Que veux-tu qu'il t'arrive ? Tu es au Japon ! »

*

Dans ses *Memoranda*, Barbey d'Aurevilly m'a appris qu'on n'était jamais tout à fait seul : « Déjeuné avec des œufs et du chocolat à Corazza. »

Ce qu'il est indispensable de savoir

Ne jamais enjamber une cithare koto posée à terre ! Autant passer sur le corps d'un dragon, couché sur un rivage et jouant avec les vagues, auquel le comparent les légendes.

*

Dans les toilettes des bars, des restaurants, dans les bains publics aussi, les portes sont marquées 女 (dames) ou 男 (messieurs). On se trompe rarement plus d'une fois.

*

Nasr Eddin Hodja m'a appris comment garder secs mes habits si d'aventure je me faisais surprendre par la pluie. Il suffit de les ôter et de les placer sous un âne, bien à l'abri.

*

Les poissons changent de nom en japonais selon leur âge. Il est vrai que ce n'est plus tout à fait le même oiseau qu'on retrouve dans son assiette. Cela dit, pour une même sériole, sashimi de *hamachi* ou sashimi de *buri*, c'est sérieusement bon.

*

La voisine terrifiante de mon amie Christine – elle avait mille ans, un œil de verre et faisait tourner les tables – savait beaucoup de choses sur la vie, notamment comment jouer *Le Beau Danube bleu* sur un piano désaccordé, comment manger une orange à la petite cuillère (c'est top secret). Lorsqu'elle était enfant, Christine a appris la valse avec son père en posant ses pieds sur les siens.

*

Au moment de porter un toast, qu'il s'agisse d'une circonstance officielle ou d'une célébration privée, il n'est pas d'usage, au Pays du Soleil levant, de lever son verre en lançant à la cantonade un joyeux « chin-chin ! ». On ne saurait trop recommander aux honorables étrangers de se déprendre d'une telle manie, étant attendu que cette syllabe redoublée, si innocente dans nos contrées, désigne dans la langue japonaise, et sans la moindre ambiguïté, les parties intimes des hôtes masculins de l'assemblée.

*

Qui ne rêve sous nos cieux, à l'approche de la Saint-Sylvestre, d'huîtres et de cailles, de chapon et de boudin blanc truffé, de farces à l'Armagnac, de coulis en tous genres sur des bûches tartinées de ganache, au doux son des flûtes à champagne ?

Qui, au Japon, se passerait, le soir d'Ômisoka, d'un bouillon aux nouilles de sarrasin ? et qui pour inaugurer l'An neuf autrement qu'avec une soupe aux boulettes de riz gluant ?

*

J'ai appris le troc à l'école : un Carambar contre deux billes en terre, un roudoudou contre un œil-de-chat, un Coco Boer contre cinq porcelaines ou un boulet, deux Coco Boer contre trois araignées plus un calot en fer, trois Coco Boer contre un mammouth.

Un Malabar, ça ne s'échange pas, ça se mange tout de suite.

Une soucoupe, ça ne vaut rien.

*

J'ai appris à ma grand-mère qu'il fallait prendre ses médicaments tous les jours, y compris le dimanche et les jours fériés.

Choses que l'on apprend par paresse

Si j'avais été plus attentive en cours de sciences, j'aurais su que vivent autour de nous toutes sortes de créatures invisibles. Les microscopes ne m'impressionnant pas, c'est la vie qui fit mon apprentissage. J'habitais à Kyoto, ville sinon tropicale du moins au fort taux d'humidité. Ayant négligé quelque temps d'essuyer le plateau au-dessus duquel je laissais sécher la vaisselle, je m'aperçus un beau jour d'été qu'y étaient nés, incroyablement actifs, de minuscules êtres noirs remuants – comme les vers qu'ils étaient. On peut être peu de chose et être vraiment très nombreux.

*

À l'arrière du dériveur, on posait un fil de traîne. Tirant de très longs bords, l'embarcation s'éloignait de la côte sans se presser. Bercé de houle et d'écume, il n'y avait qu'à laisser le fil se charger d'un ou deux maquereaux bleu argent frétillants dans la lumière, à le relever avant d'accoster à nouveau – le temps dispensé en rêveries sur l'eau, à satiété, nous récompensait bien plus qu'une pêche besogneuse.

*

J'ai appris à compter sur mes doigts. Jusqu'à un certain point, c'est gérable.

*

J'ai appris d'Anne C. que pour échapper à la compétition de cross du lendemain, on avait le choix entre : manger du dentifrice (ça rend malade), attacher un élastique autour de sa cheville toute une nuit (ça ne fait pas de bien), taper sa cheville avec le dos d'une petite cuillère pendant dix minutes, jusqu'à l'œdème.

*

J'agis le plus discrètement possible, sans l'aide de l'index, je me sers de mes yeux, mais je le fais. Et ne remercierai jamais assez celle ou celui qui m'apprit un jour à serrer le poing et à y lire dans les creux et bosses des osselets les mois de trente ou trente et un jours.

*

Je ne sais qui m'a appris à faire des bateaux en papier et le regrette fort. Une fois qu'on a commencé, pas moyen d'arrêter. À douze ans, je séchais régulièrement les cours de solfège pour faire flotter mes navires sur les rigoles des caniveaux de la rue Dagobert (Clichy-la-Garenne), ne trouvant pas grand-chose de mieux à faire certains mercredis matin d'hiver bleu pâle. Faut dire qu'on commençait la clef de fa.

*

Yuki N., cameraman, m'a appris que pour filmer un plan fixe digne de ce nom, il fallait un pied de caméra. J'imaginais la chose : se trimballer le pied de caméra, installer la caméra sur le pied de caméra. Une fois fini, se retrimballer le pied de caméra. En passer par là… quand jaillit l'idée : et si on gardait la caméra tout contre soi, pour parer aux tremblements inévitables des bras ? Je tentai le coup. Visionnant le résultat, je constatai que mon plan fixe dodelinait. Imperceptiblement certes, mais il battait de l'aile. « C'est le cœur », sourit Yuki.

*

À l'aéroport de Tokyo, à peine descendu d'avion, inutile de s'encombrer de valises : diverses sociétés se chargent de les acheminer, en quelques heures, sur les lieux de votre résidence ou dans le *konbini* (*convenience store*), ouvert tous les jours et toute la journée, à deux pas de chez vous. Ainsi embarque-t-on, le cœur léger et les mains vides, dans un train express pour la capitale, à 80 kilomètres de là.

On peut tout livrer au Japon, à tout moment, n'importe où : paire de skis, vélo ou complet-veston sorti du pressing, en un temps record. (Pour ce qui est du bilan carbone, en revanche…)

Choses que l'on apprend par nécessité

J'ai appris à maîtriser l'art de ne faire strictement aucun bruit pour m'habiller, marcher et déverrouiller une porte, en quittant la maison familiale à peu près toutes les nuits de ma dix-septième année, parce qu'il me semblait alors que c'était une question de vie ou de mort.

*

Quand j'avais quinze ans, mon copain Christian m'a appris comment ne pas s'ennuyer quand on habite un coin perdu. Il suffit d'avoir une 50 cm^3 et un plein. On roulait pendant des heures sur les routes de campagne et je n'avais jamais froid puisque j'étais passagère. C'était vraiment bien.

*

Vivre avec un homme pressé m'a appris à gagner du temps – et en la matière, il n'est pas de petit profit. Ainsi, pourquoi perdre de précieuses secondes à lacer ses souliers avant de quitter l'appartement alors qu'on peut le faire dans l'ascenseur ou au prochain feu rouge, en attendant le bus, le métro – ou encore, si la chance, décidément, s'acharne sur votre parcours, dans le bus ou la rame ?

*

Comment trier ses livres au moment de déménager quand on ne peut tous les prendre avec soi ? Jean E., bibliomane, m'a conseillé de bien les regarder entre quat'z'yeux et de leur dire leurs quatre vérités. Le procédé est moins simple qu'il n'en a l'air, mais se révèle efficace : Toi, je ne te relirai pas, tu restes ici. Toi, tu es mon ami à la vie à la mort, je ne t'emporte pas, je t'emmène.

Ce que révèlent les livres

Un monde parallèle s'ouvrit à moi quand je fis mes premiers pas de vacataire dans les magasins de la Bibliothèque nationale. On m'y enseigna par exemple qu'on appelle « fantôme » la fiche cartonnée mentionnant le nom de l'emprunteur que l'on met à la place d'un volume sorti.

Il est des livres perdus comme il est des filles perdues. Au service récolement, j'ai appris à reconnaître les livres qui, sous peu, tomberaient littéralement en poussière, essentiellement ceux de la seconde moitié du XIXe siècle. La couleur jaunie du papier ne suffit pas à rendre compte de la maladie. Il faut corner légèrement une page. Si elle résiste, il y a de l'espoir, si elle casse, les jours du bouquin sont comptés.

A contrario, dans d'autres magasins de la Bibliothèque nationale, la beauté chavirante des traités de médecine ou des planches de sciences naturelles des XVe et XVIe siècles, à peine piquetés d'ombres marron, de-ci, de-là, faisait ressortir la blancheur d'un papier doux comme la peau.

Une fois dressée la liste des livres condamnés, j'ai aussi appris à confectionner des « cercueils » : enveloppes gris-bleu ou rose pâle qui sont les dernières demeures des livres, après une copie sous forme de microfiche ou de microfilm dans les laboratoires de Sablé. Nous effectuions ce travail d'ange dans une rotonde spacieuse et un silence parfait.

*

« Dire c'est inventer. Faux comme de juste. On n'invente rien, on croit inventer, s'échapper, on ne fait que balbutier sa leçon, des bribes d'un pensum appris et oublié, la vie sans larmes, telle qu'on la pleure. »

Samuel Beckett, *Molloy*

*

André Pieyre de Mandiargues m'a appris à me défendre des rêves qui m'attendent au tournant après un dîner trop copieux. Selon lui, les songes sont à la mesure de ce qu'on a englouti ; autant s'y préparer. Dans *Le Diamant*, Sarah Mose et son père se font servir tout exprès les mets les plus riches avant se mettre au lit : c'est « l'heure du théâtre ». Depuis cette lecture, je n'appréhende plus le moment de fermer les yeux.

*

J'ai appris de Paul Morand la différence entre les Français et les Anglais : le Français est un cavalier « pomme crue » qui bondit sur sa selle à chaque obstacle, tandis que l'Anglais est un cavalier « pomme cuite » qui s'écrase sur sa selle, avalant ainsi les obstacles, attitude ô combien plus efficace et sage, mais on ne change pas de nationalité si facilement, hélas…

*

J'ai appris dans *La Symphonie pastorale* à compter mes pas les yeux fermés, d'un point à un autre de l'appartement, et les marches d'escalier de mes trajets réguliers pour le jour où je ne manquerai pas de devenir aveugle.

*

Les demandes d'amour ne s'énoncent pas en japonais. Pour dire « je vous aime » (qui veut dire « aimez-moi »), Akira Mizubayashi, dans *Une langue venue d'ailleurs,* écrit qu'on se contente de dire : « Ce soir, la lune est belle. »

C'est là une évocation de Natsume Sôseki pour qui une traduction littérale de « je t'aime » en japonais est impensable. D'où son image de la lune : *tsuki ga kirei desu ne*... Et qui sait, certains lecteurs reconnaitront peut-être le chapitre « Amour » d'*Au Japon ceux qui s'aiment ne disent pas je t'aime*...

Mot pour mot

Le boucher de la rue de Belleville, qui n'est pas le surnom attribué à un tueur en série sévissant dans le XXe arrondissement de la capitale, mais un homme charmant, enjoué, tenant bel et bien une boucherie côté pair de la rue près du métro Jourdain, m'a enseigné le nom de ce qui est devenu depuis mon morceau préféré de steak : « la poire », parfois appelée « le mouvant ». Jusqu'alors je ne connaissais que l'araignée – dont je ne me procurais que de rares spécimens, avec circonspection si ce n'est réticence. L'appétit vient en nommant : voilà ce qu'enseigne à sa clientèle le boucher de la rue de Belleville.

*

Je dois à Véronique P. qu'il faut consulter, pour traduire, des dictionnaires de langue (anglais-

anglais, etc.) et non de traduction (anglais-français, etc.), car il s'agit avant tout d'aller au fond des mots. Je lui dois aussi cette recette du bonheur selon le cinéaste Cassavetes : « Une petite chose créative chaque jour » – et parfois ce n'est qu'un mot.

*

Sakura saku (les cerisiers fleurissent) : c'est ainsi que les jeunes gens annonçaient par deux idéogrammes leur réussite au concours d'entrée à l'université. On le dit toujours, et désormais pour toutes sortes de succès, survivance d'un temps, me dit Yuka T., où l'on pesait chaque signe d'un télégramme – mais si l'on échoue, alors les cerisiers se fanent : *Sakura chiru*...

*

Dans les derniers jours de décembre ou les premiers de janvier, nous avons coutume d'exprimer nos souhaits de bonne année par une formule, variable selon notre degré de proximité avec le destinataire et notre éventuel enthousiasme personnel, mais dont les termes demeurent identiques selon que l'on s'exprime avant ou après le 31 décembre.

Au Japon, les vœux offrent l'immense avantage d'être parfaitement stéréotypés. C'est un gain de temps considérable. Du moins, dans une certaine mesure. Jusqu'au 31 décembre à minuit, vous pourrez en effet vous contenter du rituel : *Yoi otoshi wo !* (« Bonne année ! ») Ce qui, on en conviendra aisément, ne présente pas de réelle difficulté, même pour un débutant.

Mais gare ! À minuit et une minute, il vous faudra nécessairement en passer par l'autre formule : *Akemashite omedetô gozaimasu, kotoshimo yoroshiku onegaishimasu.* (« Je vous adresse toutes mes félicitations pour cette entrée dans l'année et vous prie de bien vouloir m'accorder, cette année encore, votre indulgence. »)

Ce qui, on en conviendra tout aussi aisément, est une autre paire de manches…

*

C'est Nakagawa-sensei qui m'a appris que Catherine II avait écrit des pièces de théâtre en français. Ça remue.

*

J'ai appris à haïr les plantes en pot que l'on nomme *Impatiens*, qui stagnent dans les vérandas de l'enfance où l'on s'impatiente de vivre.

*

Il y a les veuves, et il y a les orphelines. Tous les codes typographiques vous enseignent à proscrire ces lignes isolées, en tête de paragraphe, qui sont dites « veuves » ou « orphelines » selon qu'elles flottent à l'abandon en bas ou en haut d'une page ou d'une colonne. Mais c'est un poète québécois, sérieux autant qu'un poète peut l'être, Jacques R., qui m'a révélé, alors que je lui demandais innocemment conseil pour une épreuve de texte à vérifier avant impression, la règle connue sous le nom de « concubite », parfois nommée « concuvit » – ce qui n'affadit en rien l'éloquence de sa dénomination, à peine plus libertine sous cette forme. Cette règle résume en fait les exceptions à l'usage qui veut que l'on ne puisse couper un mot, en bout de ligne, qu'après trois caractères au minimum. Or cette loi connaît trois exceptions notables, ainsi ramassées dans un vocable unique puisqu'il est en effet admis de proscrire toute césure après « con », « cul », etc. – qui constituent pourtant, indéniablement, des syllabes de trois caractères et plus. On se gardera par conséquent d'écrire, à titre d'exemple : con-génère, con-vivial, cul-miner, cul-ture, etc.

C'est une règle qui, il est vrai, se retient avec une étonnante facilité.

*

En apprenant que ce qu'ils croyaient être les dents du bonheur était en réalité un diastème, mes parents, vaincus par la science, ont laissé le dentiste me poser un appareil dentaire aussi douloureux que disgracieux, censé remédier à la chose. Trois années ont suivi pendant lesquelles ils se demandaient pourquoi je souriais comme la Joconde.

*

Le tremblement de terre de Kobe, en 1995, m'a appris les sonnets de Joachim du Bellay plus sûrement que le collège. Soudain il est devenu clair que la lampe de poche réglementaire, dans la trousse de survie oubliée quelque part dans l'appartement, ne servirait à rien au bout de quelques heures, qu'il fallait de toute urgence trouver d'autres réserves, inaliénables, pour résister à la terreur d'être enseveli, qui sait, des jours et des nuits. De Hachiman-yama, sur la ligne Keiô, jusqu'à Iidabashi, sur la ligne Yûrakuchô : dix-huit stations et une correspondance pour le semi-express à Meidai-mae, le temps de retenir un sonnet ou presque.

*

Je tiens de Claire S., correctrice, que l'on doit écrire le mot « fleur » au singulier dans l'expression « cerisiers en fleur » puisqu'il n'en est que d'une seule sorte ; et que l'on écrit en revanche « arbres en fleurs », avec une marque du pluriel au mot « fleurs », car les arbres en portent généralement de fort différentes lorsque leur nom n'est pas précisé.

*

J'ai appris de ma grand-mère la formule qui raccompagne à la porte les fatigants, les boursouflés, les suffisants, les fâcheux, en résumé les indésirables : « Bon vent, la paille au cul et le feu dedans ! » Bien entendu, cela ne se dit pas à haute voix.

Secrets de chats

Mon père m'a appris à voir le petit pli derrière l'oreille des chats, qui est la cachette des puces. Ma mère m'a appris à tuer les puces en les écrasant entre les ongles des pouces.

*

Dans la maison à Kyoto, le repas est servi dans des céramiques choisies, elles-mêmes disposées sur un petit plateau laqué de noir ou bien en bois de paulownia, gris et veiné, si le menu consiste en morceaux de thon rouge *katsuo-tataki*, légèrement grillé (le mets préféré de Lalou). Dans l'écuelle de céladon, l'eau est toujours claire. Le tatami accueille les jeux de griffes, les cloisons de papier portent la marque de ses enjouements félins. Au plus froid de janvier, la fenêtre reste ouverte la nuit et ainsi Lalou vagabonde, librement, sur les toits de l'hiver. Dans la maison de Nadia P., j'ai appris à traiter les chats comme des princes.

*

J'ai appris de Colette, dans *Dialogues de bêtes*, que les chiens ont des empreintes de pattes en as de pique et les chats en as de trèfle.

*

Nakagawa-sensei m'a appris que, certains soirs, il y avait des réunions de chats : « Tout se fait en cachette. Il y a des moments où ils se battent. D'abord ils feulent puis s'attaquent sans merci. » Je n'ai jamais douté de Nakagawa-sensei. Ce n'est pas aujourd'hui que je vais commencer.

Ce que tout le monde sait et que je ne sais pas

CATHOS : Vous avez appris la musique ?
MASCARILLE : Moi ? Point du tout.
CATHOS : Et comment donc cela se peut-il ?
MASCARILLE : Les gens de qualité savent tout sans avoir jamais rien appris.

Molière, *Les Précieuses Ridicules*

*

J'essaie de me rappeler qui m'a appris à faire les lacets de mes chaussures et je vois défiler les visages de mes parents, grands-parents, oncles et tantes, et même de quelques cousins et cousines pas beaucoup plus vieux que moi. On me met des mocassins. Au secours ! Et puis miracle :

les voisins ! Ce sont les voisins qui m'ont appris à faire mes lacets.

Il m'a donc fallu apprendre plusieurs fois, pendant longtemps et je remarque que mon entourage familial ne brillait pas par sa patience.

*

L'ombrelle ? Un accessoire de coquette qu'on plie et déplie et fait tourner tout en se promenant d'un air vague. L'ombrelle ? Succédané de cigarette quand on ne sait que faire de ses mains. Et un jour de plein été, une âme compatissante de Kyoto vous en prête une, et vous comprenez enfin, au bord de l'évanouissement, que l'ombrelle fait aussi de l'ombre.

*

C'est bien la peine d'être petite-fille d'agricultrice pour apprendre d'un chauffeur de taxi, et non de son aïeule, qu'on doit réserver aux périodes de « lune montante » le travail du jardin lié à ce qui sort de terre – semer, greffer, récolter les fruits – et aux périodes de « lune descendante » ce qui se rapporte au travail plongeant dans les profondeurs de la terre – planter, repiquer, apporter de l'engrais.

*

C'est au retour d'un long voyage à l'étranger que j'appris la nouvelle expression du moment. D'abord par un sans-abri qui me demandait une cigarette que je n'avais pas, d'un dépanneur internet qui ne dépannait rien du tout, enfin d'une amie en retard parce qu'elle avait oublié l'heure du rendez-vous. Impossible d'y échapper : « Pas de souci ! »

*

Un proverbe dit : « Loin des yeux, loin du cœur », et j'ai toujours peur de l'apprendre de mes propres yeux et de mon propre cœur.

*

Mitja P. m'a appris la chose la plus simple du monde, la plus universellement connue sauf de moi, la plus rassurante aussi, que rien ne peut rivaliser avec la lumière du soleil, rien.

Savoir séduire

Je n'ai jamais appris à me déhancher, mais je crois bien que ça ne s'apprend pas.

« J'ai appris à marcher quand j'étais bébé et je n'ai pas repris une leçon depuis. »

Marylin Monroe

*

Claude Jade alias Christine Darbon nous a appris, à Jean-Pierre Léaud alias Antoine Doinel et à moi, comment beurrer une biscotte sans la casser : on pose une seconde biscotte en dessous. Simple comme bonjour.

Claude Jade alias Christine Darbon m'a appris comment les jeunes filles de bonne famille se faisaient demander en mariage. Le coup de la biscotte !

*

« D'abord vous devez apprendre à jouer de votre instrument. Puis vous entraîner, entraîner, entraîner. Ensuite, vous montez sur scène, vous oubliez tout et vous vous laissez aller. »

Charlie Parker

*

Rouge pivoine, la sueur aux tempes, j'ai appris à mes dépens, en m'efforçant de séduire un jardinier japonais, qu'il existait deux mots pour désigner sa profession : la forme de modestie (*entei*) – que lui seul, par conséquent, peut employer – et la forme de respect (*niwashi*), dont j'aurais dû user à son égard.

Cela ne s'oublie pas.

*

« Les airs charmants et qui font la beauté sont : L'air blasé, L'air ennuyé, L'air évaporé, L'air impudent, L'air froid, L'air de regarder en dedans, L'air de domination, L'air de volonté, L'air méchant, L'air malade, L'air chat, enfantillage, nonchalance et malice mêlés. »

Baudelaire, *Mon cœur mis à nu*

Aphorismes et ritournelles

Sumeba miyako : là où l'on vit, là est la capitale. Peu importe le lieu où l'on habite, même la province la plus éloignée n'a rien à envier à Kyoto ou Tokyo.

*

« Une chose dont on se demande s'il faut ou non la faire, mieux vaut, en général, ne la point faire. »

Urabe Kenkô

*

Je savais depuis longtemps qu'un vœu était bienvenu lorsqu'on goûtait au premier fruit de l'année. Mais José V. m'a appris que, si l'on était particulièrement ému par un croissant de lune, on se devait de l'exprimer trois fois à haute voix : *Croissant, beau croissant, je te salue.* Après quoi, on peut faire son vœu avec de raisonnables chances qu'il soit exaucé.

*

J'ai appris de ma nounou le refrain qui console :

Un régiment de fromages blancs s'en va-t-en guerre
contre les camemberts,
les port-salut sont les vaincus,
les roqueforts sont les plus forts !

*

De mon ennemi mortel au CP, Eric V. : *Qui va à la chasse perd sa place.* Appris l'année d'après : *Qui va à la pêche la repêche*, mais Eric V. n'était plus là (et je n'y suis pour rien).

*

Au début, l'expression seule m'a séduite. Hélas, l'expérience m'a révélé que se vérifiait plus souvent qu'à son tour l'adage chinois : « Visage qui pleure, abeille le pique. »

*

Oni wa soto !
Fuku wa uchi !
Les démons, hors d'ici !
Mais toi, Bonheur, entre donc !

Dit-on en lançant des graines de haricots grillées hors de chez soi le 3 février, pour Setsubun, qui marque le passage de l'hiver au printemps.

Choses qui n'offrent rien d'extraordinaire au regard (mais prennent une importance exagérée quand Trintignant entre en scène)

Où diable ai-je donc appris que, pour doser convenablement un thé anglais classique, il fallait une cuillère de thé par personne plus une pour la théière, détail qui m'a toujours semblé le comble de la délicatesse ? Peut-être dans *Ma nuit chez Maud* où Jean-Louis Trintignant a une exquise façon de suivre à la lettre le mode d'emploi tout en préparant sa mixture, ce qui fait rire aux éclats Marie-Christine Barrault et toute la salle de cinéma.

Choses apprises de moi-même

Proscrire les pantalons étroits et les jupes crayons, adopter sans hésiter la coupe trapèze, les modèles évasés et la taille midi ne suffisent pas. Pour soutenir sans (trop) souffrir une cérémonie du thé, assise à genoux sur ses talons dans un salon à tatamis, il existe un geste salvateur – faute de quoi on retombe en se remettant debout, vos mollets exsangues ne vous soutenant plus. Discrètement, j'ai appris à me soulever à peine, faisant mine d'arranger les plis de ma jupe afin de faire affluer un peu de sang dans les jambes. Une opération qu'il convient de renouveler aussi longtemps que dure la cérémonie, d'une beauté à vous couper (aussi) le souffle.

*

Après avoir attendu des années, en vain, que ce soient les autres qui le fassent, j'ai appris à me féliciter. Cela n'arrive pas souvent, je le fais discrètement (ma main droite lève le pouce avec enthousiasme puis tapote affectueusement mon épaule gauche) et il m'arrive de le mériter.

*

J'ai appris toute seule comment, avec de l'entraînement et de la concentration, (beaucoup de concentration, mais on n'a rien sans rien), on pouvait sinon continuer un rêve, du moins se retrouver dans le même imaginaire ; tout y est comme on l'avait laissé.

*

En apprenant à lire, j'ai appris que je ne m'ennuierai plus jamais. En lisant, j'ai appris que j'avais peut-être été un peu trop optimiste.

Ce que je sais des villes

Perec a eu beau me prévenir dans *Espèces d'espaces* qu'il fallait « essayer de se souvenir, dans le cas d'un immeuble neuf, de ce qu'il y avait avant », c'est peine perdue.

*

Pour entrer dans une piscine japonaise, il faut au préalable inscrire son nom et son numéro de téléphone sur un registre. Mais on peut écrire Rita Hayworth, Mae West ou Nicole Kidman, ça ne fait aucune différence – et ce n'est pas là, il faut le reconnaître, le moindre des plaisirs qu'offrent les piscines au Japon, même quand on n'aime pas nager.

*

Un café Barbapapa vient d'ouvrir à Koshigaya.

*

Quand j'aurai un chien, si je dois lui faire faire sa promenade sur les trottoirs, je n'aurai pas seulement en poche un petit sac en plastique, mais aussi une bouteille d'eau, comme cela se pratique au Japon. J'ai longtemps cru que c'était pour désaltérer l'animal – ou le maître ? – mais il s'agit en l'occurrence d'effacer toute trace.

*

J'ai appris à Tokyo à fermer les yeux, sitôt assise sur une banquette de train, de bus ou de métro, dans les salles d'attente en tous genres, les salles de cinéma où l'on va seul, avant le film, les laveries automatiques et parfois sur les quais. Non pas dormir, non. Seulement atténuer le dehors, ses néons, ses visages. Jachère de l'âme, dormance des pensées, communauté de l'oubli.

*

Depuis que je l'ai vu faire, je suis l'exemple de Robert D., lequel se garde bien de faire tinter sa sonnette – sans doute n'en a-t-il pas, de toute façon – en roulant à vélo sur les trottoirs de Kyoto à tombeau ouvert, préférant lancer gaiement un « *chotto gomen !* » (« pardon-pardon ! ») tout aussi efficace pour ouvrir la route, et un rien plus urbain.

*

Nuage de mauvaise foi météorologique. Les ciels d'hiver à Kyoto ressemblent aux ciels de notre enfance, bleu froid, immaculés, et la neige tombe généreuse chaque année tandis qu'ici c'est pluie, pluie et pluie ! Quand reverrons-nous la neige à Paris ?

*

Queneau et personne d'autre m'a appris le mot « houature ». Ce fut un grand moment. Même si je sais pertinemment que jamais au grand jamais je ne posséderai dans ma vie la moindre houature.

Choses apprises des trains, bateaux et autres ascenseurs

Devant le Shinkansen, d'un blanc immaculé, quittant la gare d'Osaka avec son museau de quinze mètres, on salue jusqu'à les voir s'évanouir au loin les amis, les collègues, les membres de la famille et tous ceux qui nous laissent à quai – de la main ou en se courbant en avant, selon le degré de déférence prescrit en la circonstance. Il en va de même devant un ascenseur dont les portes se referment. Accompagner du regard jusqu'à leur disparition ces silhouettes en partance, ne fût-ce que vers l'entresol, est au Japon une marque commune d'affection et d'égards. (Ainsi ai-je vu un jour Asako T. s'éloigner à jamais, et depuis j'observe autant que possible cette ordinaire et souriante cérémonie des adieux.)

*

Il n'y a pas que les arbres en fleurs dans la vie, même au Japon. En rade pendant une douzaine d'heures sur un ferry entre Kobe et Shanghai, au milieu de nulle part, j'ai compris que « *kiri no tame* » ne signifiait probablement pas « à cause des paulownias », mais plutôt « en raison du brouillard » – tant il est vrai qu'en japonais les homonymes pullulent comme cormorans en mer de Chine.

*

Les trains japonais, *invariablement* ponctuels, font pourtant, tout aussi *invariablement*, amende honorable par haut-parleur interposé. On en retient la leçon : toujours s'excuser en préambule. Au moindre retard, la plus mince peccadille (commise par le collègue, le chef de rayon, le système informatique), présenter ses excuses au lieu de se justifier (embouteillages, problème de réseau, etc.). Paraître sincère autant qu'il est possible, sans trop en faire non plus : simple et poli comme un message de la Japan Railway Company.

Où l'on voit que bien des apprentissages détruisent les clichés

Il n'a rien laissé
sauf la lune à la fenêtre
– le cambrioleur

Le moine-poète Taigu Ryôkan nous apprend ainsi qu'il y eut jadis des voleurs au Japon – mais c'était dans les années 1800 et ils se montraient respectueux du paysage…

*

Ma grand-tante Juliette était couturière chez Lanvin et elle m'a appris l'inverse de ce que ma mère m'apprenait, à savoir qu'il faut se faire belle pour les autres et non pour soi.

*

En lisant *Open*, l'autobiographie d'Agassi, j'ai appris qu'il détestait le tennis.

Ça nous fait un point commun.

*

Faire d'abord macérer une algue kombu toute la nuit dans l'eau de la marmite, la retirer puis jeter dans l'eau ainsi parfumée une poignée de copeaux de bonite séchée en grosses râpures. Après ébullition, éteindre le feu, filtrer et cuire les légumes dans ce bouillon : fines tranches de navet long, rondelles de carottes, champignons, selon la saison et votre goût, mais sans excès, car comme le dit Catherine A. qui m'a enseigné la recette de la soupe au miso, ce n'est pas un pot-au-feu. Une fois les légumes cuits, délayer une quantité appropriée de pâte de miso (rouge, plus corsé, ou blanc, plus doux). Faire réchauffer à feu doux, ajouter pour finir quelques dés de tofu, des algues wakame.

À moins d'être né à l'ère Taishô (1912-1926), plus personne ne procède ainsi. C'est ce que j'ai compris à la mine déconcertée de mes amis japonais, tous nés à l'ère du miso instantané.

*

« Quand on examine la ronce de près, on est offensé par ses rameaux ; mais la fleur en est jolie. Lorsque le ciel s'est éclairci après la pluie, au bord de l'eau, près d'un pont fait d'arbres auxquels on a laissé leur sombre écorce, que les fleurs de la ronce, écloses en profusion, sont splendides, éclairées par le soleil couchant ! »

Sei Shônagon, *Notes de chevet*

Où l'on voit que de petites choses nous en enseignent de grandes

D'un carré de papier, les doigts des enfants japonais font naître des étoiles, des fleurs et des jonques, des grues prenant leur envol, des grenouilles bondissantes. Dès l'école maternelle, à travers l'art du pliage *origami* se transmet l'attention au geste. La patience aussi, et le don du temps. À Hiroshima, à Nagasaki, des guirlandes de milliers de grues en papier entourent de leur prière de paix les monuments aux défunts, les arbres irradiés qui reverdissent.

*

Madame S., la seule de mes institutrices qui ne portait pas de blouse, mais de fabuleux pulls violines et des boucles d'oreilles assorties, m'a appris pendant les cours de travail manuel du samedi, au cours élémentaire, à enfiler une aiguille et à faire un nœud au bout d'un fil. D'elle j'ai aussi appris quantité de points qui ne servent jamais à rien, excepté le point d'ourlet : le point avant, le point arrière, le point de reprise, la boutonnière, sans oublier le point de chausson, pour orner d'une initiale en coton perlé le médaillon des mouchoirs que nous brodions pour la fête des mères.

Madame S. m'a surtout enseigné qu'il était vain de feinter avec des aiguillées plus longues, dites « de paresseuse », parce que le temps épargné à faire de nouveaux nœuds et passer une fois de plus le fil dans le chas de l'aiguille se perdait dans la durée de chaque point, nécessairement augmentée en proportion de la longueur du fil. « Tu vois, mon fils : espace et temps, ici, ne font plus qu'un » (Wagner, *Parsifal*).

*

Mon professeur de mathématiques m'a appris à envisager cette matière si éloignée de mon cœur d'un œil nouveau, le jour même de la rentrée en quatrième. Il se présenta, D., monsieur D., puis se mit à nous raconter une histoire. Il était une fois deux amis qui s'aimaient pour la vie. Quand l'un mourut (il s'appelait Tic), l'autre (du nom de Matt) fut inconsolable. Jamais il n'oublia son ami, son frère, dont il fleurissait sans relâche la tombe. *Matt aima Tic et l'aime en terre*. Une minute plus tard, il nous citait Lewis Carroll.

Monsieur D. ou comment amener de jeunes diables à vous manger dans la main.

*

En cercle dans le jardin, sous le tilleul, c'était un jeu d'été. Toutes générations réunies, des petits-enfants aux aïeuls, on se passait un bilboquet. Les tenants du geste vertical et sec se mesuraient aux adeptes du contournement, plus ou moins ample, grandes boucles audacieuses ou mouvements prestes : autant de joueurs, autant de moyens déployés pour un même but, si minime. Chacun résolvait l'énigme à sa façon, et ainsi apprenait-on, du bilboquet, bien autre chose qu'à réussir.

*

« Dès que vous aurez compris que partout il est difficile de vivre, alors naîtra la poésie et adviendra la peinture. » Natsume Sôseki cité par Doi Takeo dans *L'Endroit et l'Envers*.

Choses apprises par rêverie

« C'est à un combat sans corps qu'il faut te préparer, tel que tu puisses faire front en tout cas, combat abstrait qui, au contraire des autres, s'apprend par rêverie. »

C'est la première phrase du premier livre offert par Marc F. : *Poteaux d'angle* d'Henri Michaux. Une devise légère, du temps qu'il vivait, et qui est maintenant sa demeure, au-dessus de la mer qui l'a pris, dans un livre sans fin.

*

Le jardin du temple Shisendô, à Kyoto, c'est du regard qu'on s'y promène, sans y entrer, comme l'œil de la caméra d'Ozu qui jamais ne se déplace et pourtant nous conduit vers un nuage que le vent disperse, un clignotement d'enseigne au fond d'une ruelle, des jeux d'enfants sur la digue. Dans la grande salle en tatamis ouverte sur le dehors, entouré des portraits des trente-six poètes d'autrefois, on se tient assis en tailleur ou à genoux sur ses talons au bord de la galerie longeant le temple. Au-delà est le jardin, ses frémissements de glycine, ses traits d'oiseau traversant le ciel.

*

J'ai appris dans *Blow-Up* à regarder vibrer les feuillages des arbres, et d'Antonioni tant de choses – cet art de traverser les fenêtres, les barreaux, d'entrer et se perdre tout au loin dans les arbres d'un seul et long mouvement ininterrompu, comme dans le dernier plan de *Profession : reporter*, à s'évader sans bouger.

Choses apprises par révélation

Mitja P. m'a appris que le premier mouvement qu'on fait pour marcher n'est pas de lever le pied, mais de pencher le haut du corps vers l'avant. En d'autres termes, plonger pour avancer.

*

Le jour de l'An, il arrive qu'on assiste au Japon dans les rues des villes, des villages, près des écoles aussi, à la préparation du *mochi* : une pâte de riz que l'on pile dans un mortier jusqu'à obtenir une consistance élastique, avant de la détailler en petites boules que l'on pourra, par exemple, fourrer de haricot rouge sucré. Une joyeuse célébration de l'hiver dans la vapeur du riz chaud. Et parfois c'est un enfant qui tient le maillet tandis qu'un adulte replie prestement la pâte en y ajoutant un peu d'eau, entre chaque frappe du maillet : car il faut être deux, chacun indispensable à l'autre.

*

Depuis que mon ami Gérald S. m'a appris que nous sommes incapables de faire la différence entre les souvenirs que l'on garde de nos rêves et ceux que l'on garde de notre passé, je ne suis plus très sûre de ce dont je me souviens.

« Il n'est nullement irrationnel d'imaginer que, dans une existence future, nous puissions considérer cette vie comme un songe. »

Edgar Allan Poe, *Marginalia*

*

Agathe G. m'a initiée au cinéma. Avant elle, voyons voir... Charlton Heston, oui, *Les Dix Commandements*, Charles Bronson, Alain-Delon-le-bel et Bébel-le-sympa.

Ses parents travaillaient dans le cinéma. Nous fréquentâmes les salles dites d'Art et d'Essai pour les beaux yeux de Wenders, Ozu, Rohmer. Je les aurais probablement connus plus tard, fatalement plus tard et, qui sait, peut-être trop tard.

*

Maupassant m'a appris, au beau milieu de *Bel-Ami*, que je ne voulais pas mourir : « "Sauve-moi… sauve-moi… ma chérie… je ne veux pas mourir… je ne veux pas mourir… Oh sauvez-moi… Dites ce qu'il faut faire, allez chercher le médecin… Je prendrai ce qu'on voudra… Je ne veux pas… Je ne veux pas…" Il pleurait. De grosses larmes coulaient de ses yeux sur ses joues décharnées ; et les coins maigres de sa bouche se plissaient comme ceux des petits enfants qui ont du chagrin. »

Moi pareil.

*

« C'est cool de mentir, on a plusieurs vies, c'est plus intéressant. » Je buvais les paroles de Pierre B., photographe et peintre, mon idole absolue à la fac. « Mais le problème, c'est qu'arrive un moment où tu ne sais plus distinguer le réel de l'imaginaire. » Cette perspective ne m'avait jamais effleurée. « Tu verras », insista-t-il. Je ne vis rien du tout. Il venait de m'apprendre la palinodie et à ne plus mentir. Du jour au lendemain, je cessai net. Ma vie s'en trouva métamorphosée, simplifiée sinon apaisée, laissant place à d'autres problèmes que celui de dire la vérité ou non, toute la place.

*

De Marc F., alias Winnie, qui m'a fait entendre *Japan* de Stockhausen le dernier jour où j'allais le voir près de la mer où il aimait vivre, j'ai appris tant de choses de ce qu'on appelle musique. Celle qui lui ressemble, à jamais, il me l'avait fait découvrir dans les tout premiers jours d'un hiver à Berlin, et sa vie semblait sans cesse la recomposer : *Presque rien n°1 ou le lever du jour au bord de la mer* de Luc Ferrari. C'est avec cet orage, avec ces sons enregistrés qui tournent dans la nuit de la garrigue et s'enroulent aux chuchotements que j'ai commencé à écouter les bruits du monde, entretenu avec eux des passages, aménagé des brèches.

*

De leurs trois silhouettes je ne revois rien, une ombre en bouquet contre le jour tombant. C'est après le dîner, dans une maison de province, chez un collègue de jeunesse de mon père je crois bien. Accrochée au portique du jardin, une balançoire. Les deux sœurs et le frère me laissent leur tour d'une seule voix, sans hésiter. À moi qui vais partir, enfant de passage parmi eux, ils me font ce cadeau, une fois le dîner partagé et avant que la nuit tombe tout à fait, et les adieux.

Ce que j'ai reçu n'a pas de nom.

Un soudain déploiement d'ailes, un signe de la communauté des hommes qui fond sur vous simplement, inoubliablement.

*

En lisant *Peter Pan* dans la Bibliothèque verte, j'ai découvert que ça n'était pas la même chose, au Pays imaginaire, d'être du genre de Wendy plutôt que de celui de ses frères John et Michael, occupés à danser joyeusement autour du feu en poussant des cris de Sioux et en agitant leur tomawak tandis que le chef indien, les bras croisés sur la poitrine, ordonnait à Wendy: « Squaw, va chercher du bois. »

*

Environ trois cents mètres par seconde. Cette leçon sur la vitesse de propagation du son dans l'espace, je la tiens de mon père, les soirs d'orage, tandis qu'il comptait solennellement à haute voix entre l'apparition de l'éclair et le bruit du tonnerre – comme s'il dictait au destin le point où tomberait la foudre.

(Ainsi des fracas qui résonnent en nous, parfois bien après les sidérations dont elles sont l'écho inévitable, et l'espoir que chaque seconde gagnée, entre l'événement et sa déflagration, soit gage d'un éloignement, à raison même de cette durée.)

*

Nakagawa-sensei m'a appris qu'on ne pouvait pas se déguiser en Japonais. C'était trop compliqué au XVIIe siècle. Ça l'est encore.

Ce que les formes nous enseignent

Si une branche qui ploie subitement est souvent le signe qu'un oiseau vient de s'y poser, elle est tout aussi bien celui de son envol.

*

À genoux sur son coussin, le conteur de *rakugo*, le « stand-up assis » japonais, n'a pour accessoire qu'un éventail et un carré de tissu. L'éventail ouvert se replie en une canne à pêche imaginaire, un pinceau ou un téléphone. Le carré de tissu se déploie comme une lettre puis disparaît dans la manche du magicien, plus prestement qu'un nuage d'avril.

*

À dix francs la photo Polaroïd ou peu s'en faut, j'ai appris à ménager les munitions de mon Pronto 600, à réfléchir avant de déclencher – à cadrer. Et au fil de mes différents appareils, tous aussi rudimentaires, j'ai peu à peu appris à ne choisir que cela, le cadre et le moment. Disposer entre quatre bords l'ordinaire, attendre sans impatience l'instant et la lumière, l'ombre et la couleur.

*

Aux yeux de certains, les œillets portent malheur. J'en offris cependant un bouquet à mon amie Agnès D., en croisant les doigts – puis en les décroisant car je voulais choisir chaque fleur moi-même chez ce fleuriste de Tokyo. Si mon audace me donna raison (Agnès n'est pas superstitieuse), il n'en fut pas de même quant à la présentation. Agnès fit donc mon éducation ; j'avais un parti à prendre : la boule. Elle resserra mes pauvres tiges éparses à l'aide d'un élastique et choisit un vase au corps étroit pour y corseter le bouquet. Une splendeur.

*

Ma mère m'a un jour sauvé la vie en m'apprenant la distinction entre le futur proche et le futur simple. Alors qu'elle m'avait demandé de lui rendre un service, je lui avais imprudemment répondu : « Oui, je vais le faire. » Son courroux fut éloquent ; je m'étais trompée de temps. Pour calmer la tempête, je n'eus pas tort de rectifier : « Je le ferai. »

*

J'ai appris à voir des étoiles dans les goldens de la cantine, en les coupant par la moitié dans l'autre sens. Et aussi, quand la louchée de riz vous gratifiait, par miracle, d'un morceau de beurre non encore fondu, des petites maisons éclairées sous la neige.

*

Dans les magasins, les restaurants, les salons de thé du Japon, lorsqu'on vous renseigne sur le chemin à emprunter pour trouver l'emplacement d'un rayon ou des toilettes, votre interlocuteur ne montre pas du doigt, l'index pointé en avant, le lieu recherché. Bien souvent, l'énoncé de l'itinéraire suffit, et lorsque le geste est joint à la parole, le bras s'étend en signe d'aimable invite dans la direction à suivre, la paume ouverte vers le ciel.

*

Le lac Biwa a la forme d'un biwa. Pour le reste, c'est la mer, le sel en moins.

Apprendre à l'insu du maître

En classe de 6e, j'ai appris du professeur de chant qu'il est préférable d'éviter de compter les temps à haute voix, certaines chansons ne s'en relèvent pas. *La Mer,* par Charles Trenet, par exemple, déclenchait l'hilarité de la classe. Nous chantions et le professeur comptait : « La mer / deux-trois / qu'on voit danser le long des golfes clairs / quatre-cinq / a des reflets d'argent… »

*

À une question naïve que je lui posai sur la qualité d'un concert de jazz où il s'était rendu, Klavdij S. me fit remarquer qu'avec des artistes de cette envergure on ne pouvait être déçu. Sous la simplicité de sa réponse, il venait de m'apprendre l'inconditionnel.

Là où le critique, celui à qui on ne la fait pas, aura repéré des fêlures dans la voix de la diva (« Elle baisse »), l'inconditionnel ne balance pas, il prend le tout, il est libre.

Les objets d'inconditionnalité varient selon chacun. Pour ma part, j'ai une liste.

*

Ma mère et quasiment le monde entier m'ont appris à prendre sur soi. Maintenant que je suis grande, j'essaie de désapprendre.

Où l'on voit que de l'ennui peut naître un enseignement

À la fin des années 1950, Akasegawa Genpei (1937-2014) était étudiant à l'université Musashino de Tokyo. Pour avoir quelques sous, il fit l'homme-sandwich. C'est donc en s'ennuyant qu'il découvrit, levant la tête, des choses surprenantes dans les immeubles alentour ; des traces de l'existence d'un autre bâtiment. De là, commencèrent ses déambulations cette fois volontaires dans la ville, en quête de ces « objets-événements », comme il les qualifiera plus tard, un escalier qui ne mène plus nulle part, une fenêtre désormais inutile car obstruée, une hernie ombilicale, vestige saillant à la surface d'un mur ou d'un muret… La liste de ces témoins d'existences passées dépasse l'imagination !

*

Lire ce qui est là, quoi que ce soit, pourvu que ce soit là. Et si c'est *Rustica*, *L'Écho de la mode* ou un vieux numéro de *L'Écho de la Vallée du Loir*, savourer en détail la précision du vocabulaire, l'art de l'injonction, la merveille sans fin des lieux-dits : toutes choses qui s'apprennent par ennui l'été, les longs étés d'enfance, et dont on peut se souvenir dans les salles d'attente toute une vie.

*

Mon père, lors du mariage d'un cousin éloigné, a appris de son voisin de table, un inconnu à la langue bien pendue, tout ce qu'il fallait savoir sur la dorure, et notamment la quantité de feuilles d'or nécessaire pour recouvrir : les bouteilles de champagne, les flûtes, les verres à vin, les verres à eau, les couverts, les assiettes, les plats, les tables, les nappes, le buffet, la salle de réception, la mariée et sa belle robe, le marié et son smoking, les parents, les beaux-parents, les témoins, les demoiselles et garçons d'honneur, l'orchestre et la boule à facettes. Il s'est enfui avant l'arrivée de la pièce montée, talonné par le doreur obsessionnel, qui n'a pas manqué de lui apprendre combien il fallait de feuilles d'or pour recouvrir sa voiture et les cent cinquante kilomètres de bitume qui le séparaient de chez lui et de la paix.

Choses apprises inutilement (enfin, pour l'instant…)

La preuve par neuf.

*

Le calcul des tangentes, cotangentes, sinus et cosinus dans les tables de logarithmes « Bouvart et Ratinet ».

*

Les règles de la manille coinchée.

*

C'est après avoir appris d'Anne-Marie C. – elle est traiteur – comment cuisiner des pâtes *al dente* pour cent personnes et les servir chaudes, ce qui m'a épatée, que je me suis rendu compte que ça n'allait pas me servir à grand-chose.

*

J'ai appris par cœur en classe d'anglais au collège : *Spit Nolan was a friend of mine. He was the champion trolley rider of Cotton Pocket, the district in which we lived. He was very brave and practised a lot. That's why no other boy in the district could ever beat him on a trolley, and every boy in the district had one.*

Je le saurai jusqu'à ma mort, ce qui me réjouit fort. Et ne laisse pas de m'angoisser un peu aussi.

*

Florence F. a illuminé mes jours à l'école primaire, jours d'hiver et de printemps, en m'apprenant deux choses qui ne m'ont plus jamais servi : se parfumer derrière l'oreille avec une petite écorce de mandarine que l'on plie entre ses doigts pour en exprimer le suc, et faire « passe-carreau », c'est-à-dire donner assez d'élan, mais pas trop non plus, à la boîte de pastilles Valda lestée de cailloux tenant lieu de palet, pour sauter exactement une case à la marelle.

*

Ce ne sont certes pas les formules de politesse qui manquent au Japon. *Kachô* pour s'adresser à un chef d'équipe, *buchô* pour un chef d'unité, *shachô* pour un chef d'entreprise. (La bonne nouvelle, c'est que la langue japonaise ignore le genre…) Pour m'adresser à un chef d'État – sait-on jamais –, je devrai passer au *kakka, denka* étant requis devant une altesse impériale. Quant à une hypothétique entrevue avec sa majesté l'Empereur du Japon, si je ne m'abuse, *Tennô Heika* s'impose.

Choses apprises inutilement pendant longtemps et qui se révèlent un jour fort utiles

La 4e déclinaison latine quand on se retrouve à prendre un verre au bar *Post coitus,* quelque part au nord de l'université de Kyoto. Entre deux whiskys à l'eau, et après un temps de flottement, la mémoire revient et on peut savourer un accusatif en *us* et non en *um. Coitus* se décline en effet comme *manus* (4e déclinaison, pluriel : *manus, manus, manus, manuum, manibus, manibus*) et non comme *dominus* (2e déclinaison, singulier : *dominus, domine, dominum, domini, domino, domino*).

Ce que l'on n'apprendra jamais

Prononcer à toute vitesse, comme les acteurs et conteurs japonais échauffant leur élocution avant d'entrer en scène : *Tonari no kyaku wa yoku kaki kuu kyaku da* (« Le client d'à côté est un mangeur de kakis »).

*

Se taire.

On entendrait une mouche voler, entend-on souvent ici. Un silence prolongé dérange quand on se trouve en compagnie. Au Japon au contraire, aucune gêne. On ne se sent pas obligé de parler pour meubler un soi-disant vide. Des amoureux peuvent rester assis côte à côte, devant une tasse de thé, à regarder les passants. Et nul ange n'a besoin de passer.

*

Faire des cercles avec ses pieds pour se tenir droit dans l'eau : l'une des techniques de base du *suijutsu*, la nage traditionnelle « samouraï » héritée du XVe siècle, encore enseignée de nos jours dans les piscines japonaises. Indispensable pour tirer à l'arc dans l'eau, en armure et éventuellement à contre-courant.

*

Dans la cour de récréation, j'ai appris à jouer à chat perché, à la marelle, à l'épervier, à la balle au prisonnier, au pouce-pouce et aux billes. Pour la corde à sauter et l'élastique, je préférais regarder les autres.

*

La spécialité de ma grand-mère était le gâteau breton. Pas un quatre-quarts, pas un cake, mais une revisitation du genre. Sous sa robe dorée, a priori classique, une consistance de graine en même temps que de nuage, une saveur subtile. Quand ma grand-mère le sortait du four, on attendait dans le recueillement qu'il refroidisse. On l'appelait *Le Biscuit*, avec révérence.

Jamais elle ne m'en a révélé la recette. Oh, elle fit bien semblant, le coup des œufs, de la farine, le doigt de Madère. Des menteries, quoi.

*

« Réfléchir avant d'agir », telle est la maxime du sapeur Camember, et j'ai beau l'avoir retenue, je regrette toujours de l'oublier dans les moments où je devrais me taire, différer, balancer, plutôt que de foncer tête baissée.

*

Ce n'est certes pas mon père, qui jamais n'aurait passé un coup de téléphone sans avoir préalablement noué sa cravate, qui m'aura appris à prendre les choses à la légère.

*

Fascinée par ma grand-mère qui tricotait comme une déesse, je passais des heures à la regarder faire. Elle m'a enseigné les secrets du point de jersey, du point de riz, du point de blé, des côtes anglaises et du jacquard. Mais les aiguilles sont vivantes et caractérielles, les miennes n'ont jamais daigné tricoter autre chose que des écharpes au point mousse de trois mètres de long.

*

Je n'ai jamais appris à faire deux choses en même temps. Téléphoner en courant, courir en marchant, marcher en buvant, boire en pensant, penser en regardant les oiseaux, impossible. Dormir debout, en revanche…

*

« Le rangement est une hygiène quotidienne. » En conséquence, tout ce qui entre dans la demeure – courses, lettres, prospectus, parapluies, coquillages – doit trouver place dans l'heure ou disparaître. Je tiens ce précepte de Denis B., bibliothécaire plus-que-parfait, à la scène comme à la ville, et jusqu'au fond de ses placards.

*

« J'ai repris encore des choses impossibles à faire : de l'eau avec des herbes qui ondulent dans le fond. En dehors de la peinture et du jardinage, je ne suis bon à rien. »

Claude Monet

*

L'art raffiné du *kôdô*, la Voie de l'encens, consiste à reconnaître différentes fragrances issues de bois précieux dont on fait brûler de minces copeaux. Mais comment saisir les subtiles nuances entre tant de variétés d'aloès et de santal ? On ne peut que voyager en esprit, emporté par les dénominations de ces alliances olfactives empruntées à des paysages célébrés dans la poésie classique. La main repliée en forme de conque au-dessus du petit brûle-parfum afin de concentrer pour vous seul le parfum qui s'en exhale, on « écoute l'encens », selon la formule en usage dans cet art hérité de l'ancienne cour du Japon.

*

Raymond Radiguet m'a appris, dans *Le Bal du comte d'Orgel*, que « l'insouciance ne s'improvise pas ». C'est bien ma veine.

Savoirs de sagesse

« Après le coucher de soleil, planté des tomates. Les plants reprennent sans s'être fanés pourvu que l'on trempe les mottes dans une bouillie d'eau, de tourbe fumée et de terre. C'est une recette que je dois au courtier Belz, d'Überlingen. Nous avons ainsi, dans l'école de la vie, bien des maîtres, et à nombre d'entre eux nous ne devons qu'un enseignement particulier. »

Ernst Jünger, *Jardins et routes*

*

Ernesto Sábato m'a appris dans *Le Tunnel* que « Les lettres importantes, il faut les garder au moins un jour avant de les envoyer, jusqu'à ce qu'on en voie clairement toutes les conséquences possibles. » Dans ces cas-là, vingt-quatre heures peuvent s'avérer longues comme un jour sans pain. Ne pas fléchir.

*

Dans les files d'attente, si fréquentes et parfois si longues, des magasins, des administrations en tous genres, on n'est plus les mêmes au retour du Japon. Qui songerait seulement à resquiller ? L'impatience fait place à la quiétude, à l'agacement se substitue un suspens salutaire de la volonté, une occasion dénuée d'acrimonie d'observer le quotidien le plus banal – et pourquoi pas la possibilité de se remémorer sans hâte un rêve de la nuit, à égalité silencieuse d'anonymat et d'humanité dans la procession vers la caisse, le guichet. À vivre au Japon quelque temps, deviendrait-on, comme le philosophe Friedrich Nietzsche, « ami du *lento* » ? « Se tenir à l'écart, prendre du temps, devenir silencieux, devenir lent » (*Aurore*).

*

Le titre original de *Docteur Folamour* de Stanley Kubrick est : *Docteur Folamour ou comment j'ai appris à ne plus m'en faire et à aimer la bombe* (*Dr Strangelove or: How I Learned to Stop Worrying and Love the Bomb*).

*

« Par une brèche de la clôture, l'on voyait les reflets de l'étang ; bien entendu, je descendis à mon tour ; peut-on passer sans s'arrêter devant une demeure où la lune se mire dans l'eau ? »

Murasaki Shikibu, *Le Dit du Genji*

*

Sylvain C., professeur de philosophie au Japon, m'a appris quelque chose comme le détachement. Certes, on veut à tout prix tel objet précis, la reconnaissance, un poste, cette créature. Premier réflexe à adopter, détourner la tête, regarder ailleurs. Ils viendront à nous, en leur temps et heure. Et quand bien même ils ne viendraient pas, entre nous, cela n'a pas beaucoup d'importance.

*

Un aveugle qui admire la lune ? Rien de paradoxal à cela au Japon, sur la scène du théâtre *kyôgen*. C'est soir de fête et l'on célèbre la pleine lune du neuvième mois, parmi le chant des grillons, des criquets, de tous les insectes de l'automne. On boit force saké, on récite des poèmes de circonstance, on converse gaiement avec des inconnus.

L'aveugle prend part à cette fête à nulle autre pareille dans l'année et, oui, il admire la lune.

*

Un jour, dit-on, le prieur d'un temple bouddhique de Kyoto fit parvenir un bouquet de camélias à peine éclos au maître de thé Sen Sôtan. Or, durant le transport, l'un des boutons s'est détaché. Sans marquer le moindre dépit, Sen Sôtan accueillit le messager, disposa les fleurs dans un vase en bambou accroché au mur de l'alcôve et déposa au sol le bourgeon isolé comme s'il venait de tomber naturellement. Puis il remercia le messager en l'invitant à partager avec lui le thé.

*

« Tant qu'on est ignorant, il faut apprendre. Et même "tant que l'on est en vie", si l'on en croit le proverbe qui s'applique par excellence à cette situation : tant que l'on est en vie, il faut apprendre à vivre. »

Sénèque, *Apprendre à vivre*

*

« N'apprends qu'avec réserve. Toute une vie ne suffit pas pour désapprendre, ce que naïf, soumis, tu t'es laissé mettre dans la tête – innocent ! – sans songer aux conséquences. »

Henri Michaux, *Poteaux d'angle*

Table

Collection « Arléa-Poche »

2. Paul Morand, *Éloge du repos*
8. René Girard, *Quand ces choses commenceront…*
13. J. M. G. Le Clézio, *Ailleurs*
19. Arthur Rimbaud, *Une saison en enfer*
20. Arthur Rimbaud, *Illuminations*
44. Tzvetan Todorov, *Les Abus de la mémoire*
61. Pier Paolo Pasolini, *Qui je suis*
66. Germaine Tillion, *La Traversée du mal*
68. Alain Etchegoyen, *Éloge de la féminité*
72. Olivier Boura, *Marseille ou la mauvaise réputation*
74. Jacques Berque, *Il reste un avenir*
75. Jean-Claude Guillebaud, *L'Esprit du lieu*
76. Edgar Morin, *Pour une politique de civilisation*
77. Alain Golomb, *Profs et Cie*
79. Patrice Louis, *C'est beau, mais c'est faux*
80. Hervé Laroche, *Dictionnaire des clichés littéraires*
83. Olivier Boura, *Les Atlantides, généalogie d'un mythe*
84. Robert Guillain, *Aventure Japon*
85. Takeshi Kitano, *Rencontres du septième art*
86. Matias Aires, *Lettre sur le bonheur*
88. Léon Blum, *Le Dernier Mois*
89. Pier Paolo Pasolini, *La Longue Route de sable*
91. Denis Huisman, *Louis Monier, Visages de la philosophie*
92. Patrice Louis, *Du bruit dans Landerneau*
96. Oscar Wilde, *L'Âme humaine*
101. Mark Twain, *Écrits secrets*
103. Albert Simonin, *Le Savoir-Vivre chez les truands*
104. Albert Simonin, *Lettre ouverte aux voyous*
107. Pierre Vidal-Naquet, *Le Choix de l'histoire*
108. George Steiner, *Le Silence des livres*
109. Gustave Flaubert, *Voyages*
110. Philippe Jaccottet, *De la poésie*

111. Alexandre Vialatte, *Bestiaire*
113. Abbé Grégoire, *De la traite et de l'esclavage des Noirs*
114. Patrice Louis, *Conversation avec Aimé Césaire*
115. Paul Léautaud, *Le Petit Ouvrage inachevé*
116. Pier Paolo Pasolini, *Médée*
117. Alberto Moravia, *Promenades africaines*
118. Pierre Charras, *La Crise de foi(e)*
119. Rabindranath Tagore, *Histoires de fantômes indiens*
120. Arthur Rimbaud, *Poésies* (édition nouvelle)
121. Oscar Wilde, *Aphorismes*
122. Alberto Moravia, *Une certaine idée de l'Inde*
123. Régis Debray, *Sur la mort d'Albert Londres*
124. Albert Londres, *Marseille porte du Sud*
125. Albert Londres, *Au bagne*
126. Albert Londres, *Terre d'ébène*
127. Albert Londres, *Contre le bourrage de crâne*
129. Marie Sizun, *Le Père de la petite*
131. Michel Pastoureau, *Les Animaux célèbres*
133. Albert Londres, *L'Homme qui s'évada*
134. Albert Londres, *Dans la Russie des Soviets*
135. Dominique Barbéris, *La Ville*
136. Philippe Mezescaze, *L'Impureté d'Irène*
137. Armand Frémont, *La Mémoire d'un port (Le Havre)*
138. Renzo Piano, *La Désobéissance de l'architecte*
139. Claro, *Ezzelina*
140. Sophie Avon, *Le Silence de Gabrielle*
141. Jean-François Merle, *Cale sèche*
142. Emmanuel Pons, *Je viens de tuer ma femme*
143. Pierre Veilletet, *La Pension des Nonnes*
144. Achille Zavatta, *Trente ans de cirque*
145. Didier Folléas, *Albert Londres en Terre d'ébène*
146. Albert Londres, *Chez les fous*
147. Albert Londres, *Le Chemin de Buenos Aires*
148. Franco Ferrucci, *Lettre à un adolescent sur le bonheur*
149. Jean-Claude Guillebaud, *La Traversée du monde*
150. Pierre Mac Orlan, *Rues secrètes*

151. Dominique Desanti, *Le Roman de Marina*
152. Henry Miller, *Aquarelles*
153. Henry Miller, *Premiers regards sur la Grèce*
154. Albert Londres, *Dante n'avait rien vu*
155. Albert Londres, *Le Juif errant est arrivé*
157. Michaël Ferrier, *Tokyo, Petits portraits de l'aube*
159. Ernst Gombrich, D. Eribon, *Ce que l'image nous dit*
160. Pierre Mac Orlan, *Chroniques de la fin d'un monde*
161. Mark Twain, *Aphorismes*
162. Albert Londres, *Au Japon*
163. Charles Baudelaire, *Aphorismes*
164. Albert Londres, *Le Peuple aux dents laquées*
165. Albert Londres, *La Grande Guerre*
166. Albert Londres, *En Inde*
167. Albert Londres, *L'Équipée de Gabriele D'Annunzio*
168. Maxence Fermine, *Neige* (illustré)
169. Oscar Wilde, *Remarquables Assassinats*
170. Joseph Conrad, *Le Naufrage du Titanic*
171. Patrick Boman, *Retour en Inde*
172. Pierre Stéphan, *Carnets du cap Horn*
173. Prince de Ligne, *Aphorismes, pensées & fragments*
174. Louis Calaferte, *Paraphe*
175. Franco La Cecla, *Contre l'architecture*
176. Vincent Hein, *À l'est des nuages*
177. Antoine Marcel, *Traité de la cabane solitaire*
178. Albert Londres, *La Chine en folie*
179. Robert Guillain, *Les Geishas*
180. Antonella Moscati, *L'Éternité, ou presque*
181. Marie Sizun, *Plage*
182. Elena Janvier, *Au Japon ceux qui s'aiment ne disent pas je t'aime*
183. Hisashi Tôhara, *Il y a un an Hiroshima*
184. Arthur Schopenhauer, *Aphorismes et Insultes*
185. Dominique Falkner, *Ça n'existe pas l'Amérique*
186. Michel Meyer, *Rome et la naissance de l'art européen*
187. Jean Baudrillard et Jean Nouvel, *Les Objets singuliers*
188. Capitaine Coignet, *Cahiers*

189. Sergent Bourgogne, *Mémoires*
190. Marie Sizun, *Un léger déplacement*
191. Nathalie Skowronek, *Karen et moi*
192. Pierre Veilletet, *Oui j'ai connu des jours de grâce*
193. Vincent Hein, *L'Arbre à singes*
194. Curzio Malaparte, *Voyage en Éthiopie*
195. Pascal Quignard, *Leçons de solfège et de piano*
196. Michaël Ferrier, *Kizu, à travers les fissures de la ville*
197. Bruno Smolarz, *Hokusaï aux doigts d'encre*
198. Mameluck Ali, *Souvenirs sur l'empereur Napoléon*
199. Général de Caulaincourt, *En traîneau avec l'Empereur*
201. Hélène Gestern, *Eux sur la photo*
202. Soshitsu Sen, *Vie du thé, esprit du thé*
203. Marie Sizun, *Éclats d'enfance*
204. Christian Garcin, *Jibé*
205. Pascal Quignard, *Sur l'image qui manque à nos jours*
206. Carlos Batista, *Traducteur, auteur de l'ombre*
207. Jacques Bonnet, *Des bibliothèques pleines de fantômes*
208. Baron Fain, *Mémoires*
209. Stéphane Lambert, *Mark Rothko, rêver de ne pas être*
210. Yann Nussaume, *Tadao Andô, pensées sur l'architecture et le paysage*
211. Yves Harté, *La Huitième Couleur*
212. Kenneth Clark, *L'Art du paysage*
213. Guéorgui Gospodinov, *L'Alphabet des femmes*
214. Henri Raczymow, *Notre cher Marcel est mort ce soir*
215. Jean-Michel Delacomptée, *Passions, la Princesse de Clèves*
216. Hélène Gestern, *La Part du feu*
217. Pascal Quignard, *Sur l'idée d'une communauté de solitaires*
218. Pier Paolo Pasolini, *L'Inédit de New York*
219. Emilio Lussu, *Les Hommes contre*
220. Stéphane Lambert, *Nicolas de Staël, Le Vertige et la foi*
221. Marie Sizun, *Un jour par la forêt*
222. Catherine Guillebaud, *Le Pays vide*
223. Antoine Silber, *Le Silence de ma mère*
224. Diane de Margerie, *De la grenouille au papillon*

225. Gusty L. Herrigel, *La Voie des fleurs*
226. Jean-Christophe Bailly, *Une image mobile de Marseille*
227. Stéphane Lambert, *Monet, impressions de l'étang*
228. Philippe Arnaud, *Le Rire des philosophes*
229. Rémy Oudghiri, *Petit éloge de la fuite hors du monde*
230. Roberto Peregalli, *Les Lieux et la poussière*
232. Hélène Gestern, *Portrait d'après blessure*
233. Yann Nussaume, *Regard sur l'architecture de Tadao Andô*
234. Pascal Quignard, *Une journée de bonheur*
235. Massimiliano Fuksas, *Chaos sublime*
236. Éliane Saliba Garillon, *Le Journal impubliable de George Pearl*
237. Gérard Macé, *Kyôto, un monde qui ressemble au monde*
238. Hélène Gestern, *L'Odeur de la forêt*
239. Fumihiko Maki, Michel Thiollière, *Fumihiko Maki, architecte au long cours*
240. Fumihiko Maki, Ieoh Ming Pei, *Quelques mots pour le futur. Un siècle d'architecture*
241. Christian Garcin, *Borges, de loin*
242. Gérard Macé, *Rome éphémère*
243. François Ascal, *La Barque de l'aube, Camille Corot*
244. Jean Clair, *La Barbarie ordinaire, Zoran Music à Dachau*
245. Jean Pavans, *Proust, Vermeer, Rembrandt, La précieuse matière du tout petit pan de mur jaune*
246. Roland Jaccard, *L'Enquête de Wittgenstein*
247. Claude Arnaud, *Proust contre Cocteau*
248. Frédéric Lenne, *Paul Chemetov, être architecte*
249. Patrick Mauriès, *Quelques cafés italiens*
250. Christian Garcin, *Piero della Francesca*
251. Marianne Bourgeois, *Cinq promenades avec Renzo Piano*
252. Agnès Clancier, *Une trace dans le ciel*
253. Rémy Oudghiri, *Déconnectez-vous !*
254. Hervé Dumez, *Pensées pour soi écrites par d'autres*
255. Patrick Mauriès, *Roland Barthes, au fil du temps*
256. Stéphane Lambert, *Être moi, toujours plus fort. Les paysages intérieurs de Léon Spilliaert*
257. Marc Pautrel, *Ozu*

258. Hélène Gestern, *L'eau qui dort*
259. Diane de Margerie, *Chartres, la femme en pierre*
260. Kengo Kuma, *L'Architecture naturelle*
261. Akira Mizubayashi, *Dans les eaux profondes. Le Bain japonais*
262. Antoine Billot, *Le Désarroi de l'élève Wittgenstein*
263. Loïc Couton, *Renzo Building Workshop, entre la science et l'art*
264. Marc Petitjean, *Destin d'un homme remarquable. Le Docteur Hida d'Hiroshima à Fukushima*
265. Hélène Gestern, *Armen. L'Exil et l'écriture*
266. Arthur Rimbaud, *Œuvres complètes*
267. Élisabeth Foch-Eyssette, *Éloge des voyages et du repos*
268. Rémy Oudghiri, *Éloge du petit matin*
269. Stéphane Lambert, *Visions de Goya, L'éclat dans le désastre*
270. Colette Fellous, *Kyoto Song*
271. Michelangelo Antonioni, *Je commence à comprendre*
272. Suzanne Maudet, *Sans haine mais sans oubli, Neuf filles jeunes qui ne voulaient pas mourir*
273. Philippe Bonnin, *Une estrade pour contempler la lune*
274. Jean-Christophe Bailly, *Café Neon et autres îles, Chemins grecs*
275. Antoine Marcel, *Notes de ma cabane dans les monts*
276. Rudyard Kipling, *Lettres à mes petits préférés*
277. Belinda Cannone, *Le Baiser peut-être*
279. Christian Doumet, *Segalen*
282. Marc Petitjean, *Le Cœur. Frida Kahlo à Paris*

ACHEVÉ D'IMPRIMER
HEUREUSEMENT AVEC
KAZUKA
EN NOVEMBRE 2022
SUR LES PRESSES DE
CPI BUSSIERE
ST-AMAND-MONTROND

Numéro d'édition : 1320
Numéro d'impression : 2068038
Dépôt légal : octobre 2022
Imprimé en France